A trombeta de vime

César Aira

A TROMBETA DE VIME

Tradução
Sérgio Molina

Pósfacio
Adrián Cangi

ILUMI//URAS

Título original:
La trompeta de mimbre

Copyright © 2002:
César Aira

Copyright © desta tradução e edição:
Editora Iluminuras Ltda.

Capa:
Fê
Estúdio A Garatuja Amarela

Revisão:
Ana Teixeira
Paulo Sá

Composição e filmes de miolo:
Iluminuras

ISBN: 85-7321-143-1

2002
EDITORA ILUMINURAS LTDA.
Rua Oscar Freire, 1233 - 01426-001 - São Paulo - SP - Brasil
Tel.: (0xx11)3068-9433 / Fax: (0xx11)3082-5317
iluminur@iluminuras.com.br
www.iluminuras.com.br

ÍNDICE

"Todo homem..." 9

"Tive a sorte..." 21

O espião 39

Diário de um demônio 49

"O que se segue..." 53

Introdução e ensaio 65

Um episódio da secretária eletrônica 77

"Eu não me importo..." 89

A trombeta de vime 97

"Quem quer 'fazer'..." 103

"Comecei a dominar..." 111

As duas bonecas 117

César Aira, o autômata do presente 121
Adrián Cangi

Todo homem com um mínimo de imaginação, ou mesmo sem ela, se gostar de mulheres, criará na fantasia situações em que uma mulher linda e desejável se coloca a seu alcance, e as circunstâncias práticas colaboram para tornar factível a conquista... e ela, como objeto inerte do devaneio, criada *ad hoc*, estará disposta a satisfazer todas as suas veleidades passionais, se entregará, como a peça que faltava e que se encaixa perfeitamente no quebra-cabeça do amor, no mais já totalmente montado numa paisagem que é a vida desse homem. Se ele realmente não tiver nem um pingo de imaginação, mesmo assim esse gênero de fantasia o assaltará: virá do exterior, pré-formado ou sugerido, na televisão ou na rua, pois é como se a civilização em que ele vive tivesse acumulado essas situações, em muitas mentes autônomas porém comunicadas, até deixar disponível e pairando no ar o modelo a que todas elas obedecem. E não é só esta ou aquela civilização: são todas. E mais: é o jogo de umas com as outras, pois essa fantasia de triunfo sexual sem combate encontra seu expoente máximo no exotismo de fluidas poligamias ou liberalidades em outros padrões. Afinal, a espécie tem de zelar por sua reprodução, e a utilidade desse modelo consiste em ensinar o indivíduo a reconhecer a situação quando ela ocorrer na realidade.

E aqui está o mais estranho, que é simples realismo: a configuração dos fatos na realidade às vezes põe ao alcance do homem oportunidades perfeitas de desfrutar das mulheres sonhadas... E ele as deixa passar. (Algumas não; conforme sua velocidade de reação, sua adaptação ao real e outros fatores, uma porcentagem dessas oportunidades será aproveitada; mas estas passam a um registro biográfico, e não tratarei delas aqui.) A combinatória dos eventos tem esse efeito casual, quase sempre imprevisto, de "servir de bandeja" os manjares mais suculentos, as mulheres mais belas... Muito mais belas e desejáveis que as das fantasias que forneceram o modelo para esse lance, não apenas por serem de carne e osso, mas por provirem da realidade, que é uma hiperimaginação com a qual a imaginação individual jamais poderia competir; de fato, a imaginação só pode operar a partir da composição de elementos fornecidos pela realidade, de modo que, quando esta volta a se manifestar, o modelo volta a suas fontes, e o círculo recomeça. Essa superioridade incomparável vale tanto para a qualidade da presa posta sob a linha de tiro do caçador como para a própria caça, portanto a situação também é mais propícia que nas fantasias, mais magicamente fácil...

E ele, afetado de uma inacreditável cegueira, que o resto de sua vida não bastará para lamentar, deixa escapar a chance, não entende o que está acontecendo, e só *a posteriori* reconhece a benevolência do acaso. Tem de reconstruir os fatos na memória, e até analisá-los em detalhe, avaliá-los em conjunto, contextualizá-los, para captar até que ponto tudo foi óbvio, real. Então sua estupidez o leva ao desespero, quando não há mais remédio. Sente incredulidade, não vê como pôde ser tão idiota, principalmente porque não foi a primeira vez, nem a segunda, nem a terceira. Aconteceu-lhe mil vezes. A seqüência "chance desperdiçada/arrependimento furioso" tornou-se de fato um hábito. Ele tem uma desculpa, ou pensa que a tem, porque na realidade essas chances tão perfeitas são inacreditáveis, e ninguém razoável espera por elas. Se acontecem uma vez, não se repetem, porque dependem de uma conjunção de acasos muito grande; só um verdadeiro super-homem da atenção poderia prever sua emergência, tão infinitamente improvável. Claro que, pela mesma razão, quando se apresentam, elas deveriam ferir os olhos com sua evidência ofuscante. Como ele as deixa passar, então?

As oportunidades não apenas se apresentam, mas se repetem, e ele torna a ignorá-las e fica reduzido à angústia de vê-las *a posteriori*, e a maldizer sua tolice, e renovar, no fundo do desalento, suas promessas de atenção. Mas é inútil. Ver a oportunidade depois que passou equivale a imaginá-la, e à imaginação ele já está por demais acostumado; seu amor ardente pelas mulheres o conduz a uma perpétua fantasia de possibilidades. A realidade copiar um sonho, em todos os detalhes, parece-lhe impossível: a passagem para o real pressupõe uma transformação de todos os dados. Talvez seu erro esteja em supor que na realidade se apresentarão menos nítidas, menos felizes, e a surpresa de que se apresentem mais claras e felizes o atordoa e por isso não consegue reconhecê-las.

Constata com desalento que entre fantasia e realidade houve uma completa identidade. Não nos detalhes, claro, mas isso o faz sentir mais culpado, pois, já na fantasia, os detalhes, sendo o mais saboroso, eram o mais fluido, o que podia mudar ao sabor do capricho mais volátil e com o menor esforço, e ele de fato o mudava, em uma perpétua transformação. Mas basta que uma configuração qualquer se detenha por um segundo para que lhe ofereça uma visão da realidade, e esta coincide com a realidade real tal como aconteceu... Coincidem nas duas faces, antes e depois de que a fantasia se torne realidade: "antes" porque todos seus devaneios eróticos estão estruturados numa verossimilhança de intenso realismo; "depois" porque o curso objetivo dos acontecimentos desemboca repetidas vezes na cena mesma de seus devaneios, nos quais, portanto, basta entrar estendendo a mão, dando um passo. Talvez tenham acabado por coincidir demais, e é por isso que ele só reconhece a situação quando o passado se tornou pensamento. Pois bem, o pensamento tem muitos usos, e um deles pode ser o planejamento de estratégias práticas. Seus agudos remorsos também são pensamentos, de modo que, invertendo-os, antecipando-se, ficando de sobreaviso, não deveria ser tão difícil acoplar-se ao salto, saltar... Bastaria que soasse um pequeno alarme no momento indicado, e ele realizasse a conversão. De repente, sem aviso, o momento chega, e passa, ele continua distraído, e depois, no dia seguinte, ou dali a uma semana, cai em si, e é tomado por um frenesi de ódio contra ele mesmo, que é o único culpado.

Na desgraça, tudo é pensamento. A lembrança das oportunidades perdidas confunde-se com a fantasia sobre as oportunidades perfeitas. Mesclam-se o fracasso e o sucesso num só relato sem conseqüências. Lamentar-se é inútil porque a causa do pesar se reabsorve no pensamento. O sabor dos prazeres imaginários é a perfeição, e por acaso pode dar-se a perfeição na vida? Como consolo, então, pode-se dizer que o único aspecto vedado ao amor é a realidade. Se bem que a realidade tem sua perfeição própria: aquela que faz com que tudo seja como foi, e seja imutável. É como se houvesse duas perfeições paralelas, e nunca pudessem se comunicar. O erotismo é o prazer do real da realidade. O amor está fora do sujeito, no mundo. Onde colocar os processos mentais que o acompanham? Deveriam ser eliminados? Seriam eles os causadores das distrações? "Distração" e "atenção" são pontes ou dobradiças entre pensamento e realidade, isto é, entre elementos que neste nível de análise são heterogêneos. Uma arte da atenção que evitasse a distração onde esta é inevitável deveria trabalhar sobre o *continuum* que as comunica, e, como o *continuum* é um só, faria também a passagem entre todos os heterogêneos, inclusive entre temas distintos. Essa arte já existe, ainda que como pré-história de si mesma: chama-se "improvisação". É uma pré-história porque está fixada em um ponto do *continuum*, em sua teoria. Para esboçar um princípio de derivação produtiva, aproximemo-nos do sujeito.

Tem 46 anos, é casado, goza de boa situação econômica, não é tímido. Alto, atraente, atlético, envolto num halo de mistério carregado de história e dado a certos silêncios que o tornam irresistível. Sua inclinação erótica pelas mulheres é relativamente recente: ele a data de sua tardia descoberta da realidade, com a qual a identifica. Vivendo em uma grande cidade tropical, em cujas ruas e cafés passa a maior parte do tempo, é inevitável que veja a cada dia dezenas de mulheres perfeitas para seus fins. Mas, sendo ele um homem médio, corrente e normal, não é um maníaco por sexo; não sai à caça de mulheres, não faz absolutamente nenhum gesto nesse sentido. Seu caráter, sua cultura, seu estudo assíduo da História permitem-lhe valer-se de uma majestosa paciência, à espera da configuração do presente em que seus sonhos mais secretos se tornem realidade.

Um desejo maior que a vida o invade; é uma urgência difusa e aguda ao mesmo tempo. Devido a essa natureza paradoxal, a chance de satisfazê-lo parece-lhe tão remota como as estrelas no fundo do céu. E sua própria atitude de espera passiva a torna mais remota ainda. Como poderia ser que, assim à toa, um belo corpo de mulher viesse a cair nos braços de um homem casado, maduro, que não emite o menor sinal de desejá-la? Poderia... E pode: por efeito instantâneo da constituição do real. Se o cálculo de probabilidades indica que essa circunstância (a "entrega a domicílio") só pode "sair" numa quantidade quantiosa de vezes (digamos uma em 100 bilhões), ainda assim pode acontecer daqui a pouco, hoje mesmo, porque a realidade se constitui o tempo todo, e sua cascata cava uma eternidade a cada segundo.

De fato, pode acontecer qualquer coisa. Todo mundo sabe disso e de um modo ou de outro se prepara... Não para o que possa acontecer, para o que não há preparativo possível porque não se sabe o que será, mas para suas conseqüências e ressonâncias no estado de espírito, na saúde, no casamento e no bolso. Com esse salto antecipatório justifica-se a aproximação que já fizemos, do sujeito teórico inicial ao sujeito experimental prático. E, uma vez estando nesse indivíduo, percebemos os limites do campo dos possíveis.

Um homem pode ser mulher, sem deixar de ser homem? Ou uma mulher, ser homem? Aí parece que tocamos um limite. E, no entanto, no limite, a resposta é afirmativa. Sim, é possível. Sob a condição de que "ser homem" ou "ser mulher" se incluam na lista de eventos realmente sucedidos. E estes são efeito da vontade, na qual se trava o perene combate entre o ativo e o passivo. Para continuar dentro do pensamento, esse combate é alucinatório; a passividade costuma pôr o homem em situações qualificadas de "pesadelos"; nesses casos o homem se pergunta como pôde chegar tão longe, como pôde se deixar arrastar até esse ponto, e então é como se o pesadelo fosse tornar-se realidade, e ele virar mulher. A mulher de outro homem, que estaria em um nível diferente e superior de atividade. O real é o campo de manobras de um protocolo infinitamente regulamentado. O cerimonial inclui outro cerimonial, e este outro, até o limite da atenção com que seja examinado. De um patamar a outro desse zigurate, todos os regressos das constelações de fatos são possíveis. A intervenção é incapaz de modificá-los porque o objetivo a retém em sua própria emissão, e todo o presente se reabsorve em um passado instantâneo.

Com a passividade, o homem persegue o sonho da autonomia pessoal. Quer ser tudo para si mesmo: homem e mulher. Enquanto o mundo desenvolve as interdependências da cerimônia social, o indivíduo se enrosca na autonomia.

Agora aproximemo-nos muito mais, até que a ampliação cubra toda a tela de projeção com o problema que nosso sujeito está examinando (neste exato momento: porque o *zoom* é espaço-temporal).

É espantosa a quantidade de pontos cegos que persistem em nosso conhecimento da História do Cubismo, o movimento pictórico mais influente do século xx. Suas origens e causas perdem-se no mito e nas versões pessoais, o que faz com que o cubismo primitivo, por si só hermético, pareça-nos uma formação natural nascida do mistério. Fazendo jus à "lenda negra" da arte moderna, o casamento do mal-entendido com o esnobismo redunda numa exibição de objetos inexplicáveis, objetos puros, sombrios e hostis. Nossa civilização demonizou tudo o que fosse imagem pura, envolvendo-a num discurso explicativo, de "contexto". Da forma como se apresentam ao olhar, os quadros são inaceitáveis, e, do olhar ao entendimento, quem faz o transporte é uma crítica transbordante de argumentos. Embora os críticos nunca estejam de acordo, supõe-se que o trabalho do saber conseguirá por fim à restauração da mais completa transparência, eliminando todos os pontos cegos. Mas já nesse programa há uma contradição, pois a transparência seria o meio que enfim tornaria todas as imagens visíveis; enquanto são justamente elas que atuam como "pontos cegos" para um saber discursivo. O saber manifesta-se no fio contínuo do pensamento, e a oposição fantasia-realidade superpõe-se à de discurso-imagem. O projeto da erudição, de um saber preciso como um amanhecer, surge como tentação ou promessa, embora seja evidente que uma vida não basta para realizá-lo. Há uma ansiedade que persiste, como persiste o desejo em geral, ou o desejo de amor. Nos fatos, o desejo de amor assume o papel de "forma" de um "conteúdo" mais geral: o de poder tudo com o saber ou com o pensamento; aí temos um deslocamento concomitante: saber tudo seria poder tudo, inclusive no objetivo da realidade, porque os fatos obedecem a uma causação tão múltipla e delicada que em seus fios mais sutis é sensível às ondas mentais. Fantasia erótica e erudição, portanto, não são tão diferentes assim: tudo se passa no cristal da pornografia íntima. Os quadros são apenas cenas explícitas.

Os quadros em que devemos buscar a chave do enigma neste caso são aqueles que Braque e Picasso pintaram entre 1910 e 1911. É a fase conhecida como "cubismo analítico", nome que lhe deu, em 1936, Alfred Barr em seu livro *Cubism and abstract art*, em oposição a uma suposta segunda fase, a do cubismo "sintético". (O nome "cubismo", diga-se de passagem, cuja invenção Kahnweiler atribuiu ao crítico Louis Vauxcelles, foi cunhado na realidade por Charles Morice em abril de 1909; foi popularizado por Apollinaire a partir de sua resenha do Salão de Outono daquele ano.) Nesse período, como vinham fazendo já havia algum tempo, Braque e Picasso trabalham em estreita comunhão. Compartilham o monocromatismo, a quadrícula, a temática e o freqüente formato oval. Uma perspectiva secular permite-nos ver que se trata de uma coincidência momentânea de dois artistas completamente distintos; o exame atual dos quadros mostra que, além disso, foi uma coincidência apenas superficial, e que somente um olhar muito distraído (como o deles próprios) precisaria ler a assinatura para distinguir um do outro. Braque segue todo o tempo na esteira de seu mestre Cézanne, atento aos valores puramente pictóricos, na tarefa de dissolver a contraposição figura-fundo para conseguir uma superfície intelectualizada que funcione como "realidade paralela". É essa busca que levaria ao *all over* do expressionismo abstrato, e, mais adiante, às formas dissidentes de abstração como a *pop art*, o hiper-realismo e o minimalismo. Picasso, ao contrário, conserva durante essa etapa elementos escultóricos, ainda que na mais rasa modelagem de um fragmento de objeto, que indicam que a fase de dissolução e transparência ("análise") da figura é apenas um passo atrás para tomar impulso e conseguir o contrário: a extração da figura de toda superfície possível, o salto da figura para fora do quadro, extração e salto que ele conseguirá triunfalmente em sua maturidade e na qual se baseará sua glória e seu mito. É por isso que, diferentemente das naturezas mortas e paisagens de Braque, o tema de Picasso continua sendo a mulher. Suas garrafas, cachimbos ou bandolins não passam de exercícios condescendentes, que marcam o passo à espera das mulheres. E as mulheres de Picasso, quando por fim aparecem, entregam-se a uma dança frenética para escapar da tela, reviram-se como loucas em todas as direções, até que os dois olhos vão parar de um lado do nariz, o nariz na orelha, o umbigo nas costas, o pé no ombro. No paroxismo impossível dessas danças, ao completar-se a torção, o corpo sai do suporte (e é bom lembrar que o pensamento também pode ser um suporte). Essa direção lança uma luz retrospectiva sobre a presença de elementos como a colagem, o *trompe l'oeil* e as palavras, introduzidos nessa fase do "cubismo analítico", mostrando que o uso que lhes deu Braque é diametralmente oposto em seus fins. É quase como se todo o cubismo fosse obra de Braque, e Picasso tivesse pegado carona nele durante um trecho para realizar seus propósitos. Picasso: "Braque é minha mulher". Braque: "Picasso e eu dissemos um ao outro coisas que nunca voltaram a ser ditas, coisas que ninguém jamais poderia entender."

No centro da problemática do cubismo esteve a questão da transparência. Esta lhe deu seu traço historicamente mais próprio, ao mesmo tempo em que o excedeu e caracterizou as escolas que se desenvolveram em sua esteira, ou até contemporaneamente. No futurismo, a dimensão temporal foi introduzida como transparência da espacial; no dadaísmo, o *nonsense*, como transparência do sentido. Colagem, fotomontagem, construtivismo, tudo o que veio nos anos seguintes extraiu sua dinâmica da busca de transparência. Um modo simples e prático de obter transparência é o recurso à língua estrangeira. Uma página escrita numa língua estrangeira, lida por alguém que tenha conhecimento dela (e as guerras, diásporas e hegemonias imperiais, somadas à internacionalização dos estilos, fez com que houvesse muita gente nessas condições) é um monumento à transparência, pois a leitura vê através delas o outro texto, na língua natal, e o vê através de uma transparência que permanece e é irredutível. Falar de "línguas estrangeiras" na pintura é uma metáfora arriscada, mas poderíamos dizer que os cubistas recorrem a essa metáfora.

Deve-se ter em conta que nos anos de 1911 e 1912 o nome "cubista" se aplicava oficialmente aos pintores vanguardistas que expunham no salão anual de Paris: Delaunay, Léger, Gleizer, Metzinger, conhecido como o chefe da fileira, La Fauconnier, La Fresnaye, Marcoussis, ou os irmãos Marcel Duchamp, Jacques Villon e Raymond Duchamp-Villon, e Juan Gris. Picasso e Braque eram tidos como antecessores ou precursores, posição justificada pelo fato de não exporem publicamente. A comercialização de suas obras (que foi numerosa: em 1989, uma retrospectiva muito parcial dos dois durante esses anos, realizada no MoMA de Nova York, reuniu mais de quatrocentos quadros) estava a cargo do *marchand* Kahnweiler, e os trabalhos só podiam ser vistos nos fundos de sua galeria. Ao longo do século, a expansão do mercado de arte causou o esgotamento dessa reserva, e uma obra que parecia inesgotável tornou-se raríssima, e seus preços, portanto, exorbitantes. Daí o interesse dos colecionadores ter-se voltado para os outros cubistas, e os estudiosos terem começado a investigar os meandros secundários da história. Se por um lado clareou as diferenças entre ambos os artistas, a passagem do tempo obscureceu os detalhes, as analogias sutis, as pequenas evoluções, e hoje os historiadores se deparam com problemas insolúveis. Sabe-se que nesses poucos anos se acumularam tantos fatos relevantes para a História da Arte do século xx (Cubismo, Futurismo, Dadaísmo, Expressionismo) que nem mesmo uma revisão dia-a-dia pode tirar a limpo a corrente principal. Talvez o problema esteja no fato de ainda estarmos muito perto; um prazo suficientemente longo, digamos de uns três mil anos, "limpa" a arte de suas conotações de qualidade e deixa visível somente o aspecto de documentação. Mas então deve-se começar tudo de novo, pois o que era documentação até esse momento transforma-se em arte, e considerações díspares tornam a obscurecer o panorama.

Essa mesma alternância entre qualidade e documentação também se dá fora da arte, na vida corrente. Os acontecimentos privados, no presente, são objeto de um juízo de qualidade: há pequenas aventuras que dão "certo", e outras que dão "errado". Mas, uma vez que se reintegram ao passado em que ocorreram, o juízo se dilui e fica o fato nu, como dado. Essa dupla natureza é que induz o homem ao erro. A exigência de qualidade vem acompanhada da de inovação, pois é assim que entendemos a qualidade na arte, incluída a arte de viver: como algo novo, nunca visto, uma perpétua aurora ou juventude. Assim, a oportunidade de que eu falava no início, a oportunidade perfeita de conquistar a mulher ideal, se apresentará sempre sob um aspecto radicalmente novo e diferente. Suponhamos que, em retrospectiva, uma ocasião de sedução, ou uma ocasião sedutora, se apresente como boa, até como perfeita, irretocável. Esse aspecto manifesta-se em um contexto de documentação biográfica, mesmo que tenha ocorrido apenas meia hora atrás. Nada garante, portanto, que a ocasião seguinte venha a ser reconhecida em seu valor de oportunidade, em sua "qualidade". Muito pelo contrário! Porque a qualidade da ocasião seguinte estará em sua novidade: será tanto melhor quanto mais nova for, mais inesperada, mais irreconhecível. E como dissemos que a oportunidade nesses casos sempre tende à perfeição (do contrário, o homem não se sentiria tão idiota por desperdiçá-la), o *quantum* de novidade será incalculável, e todas as probabilidades estarão a favor de que não seja percebida. Não é o mesmo que acontece com a obra de arte nova? O exotismo essencial da obra-prima conspira contra seu reconhecimento como obra-prima, e o artista morre pobre e desconhecido. Indo mais longe no paralelismo que estabelecemos: o exotismo da mulher envolta no sonho diurno, quando desembarca na razão, sugere irrealidade. Poderiam as lonjuras polinésias ou as antiguidades egípcias chegar às ruas de uma grande cidade moderna do Ocidente? Por milagre, chegam. E mais, tornam a chegar. Quando o milagre acontece ao homem, é um milagre exponencial, um milagre entre milagres. Quando, além disso, torna a acontecer, exatamente com o mesmo vigor, diríamos que é um milagre elevado ao cubo; mas não. Simplesmente é o milagre da repetição, que reabsorve todos os demais. Mas, claro, de que serve a repetição se o homem não pode ver aquilo que está se repetindo?

Só que, ali onde a intuição desfalece, onde o pensamento por imagens e analogias já não serve, por ter chegado ao limite categórico da constituição mesma da mente, toma o bastão o "pensamento cego", álgebra que permite continuar pensando, indefinidamente.

A realidade parece muito indeterminada devido ao número de eventualidades que se deve levar em conta para a mais mínima previsão. Os meteorologistas sabem muito bem disso, e na realidade todos nós sabemos. Mas o pessimismo não leva a nada. Existem vários métodos para prevê-la, e o mais prático consiste em tomar suas partículas simples e ampliá-las tanto quanto necessário: mil vezes, um bilhão de vezes... Não se deve ter medo dos grandes números, pois, de qualquer modo, trata-se de uma maquete provisória. Continuemos ampliando até que possamos entrar nessa partícula e nela nos movermos confortavelmente, ver todos detalhes, manipulá-los sem considerações de escala, sem delicadezas especiais, como manipulamos cadeiras ou vasos.

Claro que não se trata de cadeiras nem de vasos, e se requer, sim, uma delicadeza especial, ainda que de outro tipo. É preciso adaptar-se a "objetos" que não são verdadeiros objetos porque nunca posam, nunca chegam à qualidade de inertes que os definiria como objetos. Mas o movimento não causa tantos problemas porque a ampliação o torna lentíssimo, e dá tempo para as mais deliberadas intervenções. Não importa a figura que adquiram, que pode ser qualquer uma: polvos, fumaça, criptas, beijos, topázios, bosques, milhões. Deve-se fazer uma abstração de formas e nomes para captar a natureza do circuito, isto é, aquilo que faz com que o evento se dê assim e não de outra maneira.

Examinemos os três percursos iniciais (começando num momento qualquer) do *continuum*. O primeiro vem pela esquerda, desenhando uma curva suave a 1,6 m do solo. Supondo que essa linha virtual seja habitada por um móvel, a velocidade deste será de dois metros por hora. Aqui, nem bem iniciada a construção, afastamo-nos da intuição sensório-motora e seguimos no cálculo puro: os "dois metros" separam-se da "hora", e esta inicia um deslocamento para a direita, sempre à mesma altura média, mas subindo e descendo dentro de uma faixa de trinta centímetros, a um ritmo regular. Visto de frente, esse deslocamento traça uma linha ondulada cujo lapso de formação é feito de um segundo tempo (lembremos que o "móvel" aqui é também um lapso de tempo: a hora); esse lapso é de sete minutos. Enquanto isso os dois metros se enroscam para baixo a cada dois centímetros, formando uma espécie de massa folhada de lunetas ovais que tocam o chão e servem de apoio para toda a estrutura.

O segundo percurso simultâneo do evento é uma força de gravidade dividida em fitas de cinco centímetros de largura por um metro de comprimento, dispostas em forma de trombeta. Em cada uma das fitas desliza uma "bola de tremor"; chamo assim, para maior clareza, um movimento breve de ida e volta, que daria uma volta completa sobre o espaço que ele mesmo cria até tocar o final com o princípio. A trombeta gravitacional está disposta em diagonal, a cerca de vinte centímetros do chão, sobre o "teto" da hora acanalada.

O terceiro percurso (estou simplificando) é a perspectiva que ordena os elementos anteriores. É uma finíssima lâmina de gelatina cor lavanda, inerte mas com marcas de pregas. Aqui também deve-se fazer uma dissociação arriscada; a cor lavanda, por si só, forma quatro figuras negras suspensas ao rés da borda superior da partícula (a 2,2 m do chão): a primeira à esquerda é um quadrado de 40 cm de largura; a segunda, um círculo; a terceira, a silhueta de um pato nadando, e a quarta, uma luva; todas mais ou menos com as mesmas dimensões da primeira. Essas figuras, situadas a meio caminho do fundo em uma fileira, "tombam" para a frente e caem como em uma projeção em arco até uma altura de meio metro. A perspectiva geral apresenta um movimento rotativo de uma volta por minuto.

Como se pode apreciar, não há quantidades impraticáveis. Tudo é feito na medida do homem, tanto de suas mãos como de seus horários. É claro que os percursos não são apenas três; não prossegui na enumeração e descrição porque com três basta para que se tenha uma noção. Terão notado que, para além do "pensamento cego", e graças a ele, recupera-se uma espécie de intuição, a partir da qual pode-se agir, alterar o rumo dos fatos, ajudar-se. Porque todos esses objetos diagramáticos podem ser modificados em suas posições, suas velocidades, suas magnitudes (esticá-los, comprimi-los, inflá-los), suas colisões. Mas o que fazer, exatamente? É difícil decidir. Pode-se tentar e ver o que acontece. Afinal, tempo é o que não falta, e a experiência em "maquete" pode ser repetida quantas vezes se quiser. O homem se introduz na partícula e a modifica, dança dentro dela, toca as lunetas como se fossem gongos, pulsa as linhas como cordas de harpa, deita-se sobre o lençol da perspectiva, empurra a trombeta com o pé, inverte os tobogãs do tremor, estica as fitas e as atira como serpentinas... Um elefante numa loja de cristais, mas sem estragos: os circuitos da partícula são elásticos, e se recompõem.

Os resultados obtidos nessa experiência podem ser aplicados na realidade. De fato, os dois estágios não são tão diferentes assim. O experimento pode ser feito na realidade, e se por fim não servir, não se terá perdido tempo porque é uma atividade divertida e instrutiva. A maquete da partícula pode ser construída em uma oficina caseira, a baixo custo e nas horas vagas. Aqui vale precaver-se de um erro freqüente: o perfeccionismo. Se esperarmos dispor dos materiais adequados para a construção dos elementos e da tecnologia para fazê-los funcionar, nunca a faremos. Mas basta sucata: madeira, papelão, papel, barbante, trapos. Pouco importa que fique um engendro: o que importa é fazê-lo.

9 de junho de 1995

Tive a sorte de crescer numa época em que a figura do Escritor se mostrava enfeitada com traços românticos e aventureiros, muito diferente da imagem rasa e prosaica que recebem os jovens de hoje. Uma das que recordo com maior clareza é a de um escritor com um papel secundário numa história de Mandrake, o Mágico. Era um relato bastante longo, de umas 30 páginas, acho, publicado numa revista do formato da *El Tony* (talvez fosse *El Tony*). E eu a li faz uns quarenta anos e nunca voltei a vê-la; é verdade que nunca a procurei a sério, porque a recordo tão bem, quase quadrinho por quadrinho, que não sei de que me serviria recuperá-la, a não ser desiludir-me. Mesmo assim, quero fazer uma breve descrição dela, pois tenho certeza de que, assim como eu, outras pessoas hão de ter lido essa história distante, e talvez a tenham esquecido, e podem precisar deste pequeno *aide-mémoire*.

Mandrake, como sempre, estava acompanhado de seu fiel ajudante Lothar, embora, que eu me lembre, Lothar não desempenhasse nenhum papel de destaque nessa aventura. A protagonista era Desirée, uma belíssima e jovem loira, que era a mulher mais rica do mundo. Morava em um maravilhoso palácio, rodeada de todos os luxos, mas tinha o defeito de ser caprichosa, voluntariosa, malcriada. Como podia permitir-se tudo, tinha a seu dispor, "dormindo no emprego", os melhores artistas do mundo, para que trabalhassem exclusivamente para ela: o melhor pintor, o melhor músico, o melhor escritor... Achava que devia ter também o melhor mágico, e mandava chamar Mandrake, que comparecia ao palácio, simplesmente por curiosidade, pois não tinha intenção de aceitar a oferta. Ficava deslumbrado com o esplendor do edifício, e com a beleza de sua dona, mas nem por isso deixava de notar seus defeitos. A menina mimada que Desirée não deixara de ser infernizava a vida, à força de caprichos e birras, de seus numerosos empregados, entre os quais se incluíam os eminentes artistas a seu serviço. Mandrake era a assombrada testemunha de como ela os tratava mal: recusava, porque sim, o esplêndido retrato em que o pintor estivera trabalhando durante meses, fazia o músico reescrever a sinfonia que lhe mandara compor, dormia durante a leitura da tragédia em verso em que o escritor cifrara todas as suas esperanças...

Nesse ponto situa-se um dos ensinamentos que tirei da história. O escritor, que como eu disse era o melhor do mundo, lia sua obra com entusiasmo e, ao constatar que não era do agrado de sua patroa (não era a primeira vez que isso acontecia) dava meia-volta e atirava o volumoso manuscrito às chamas da lareira, depois do que deixava o salão batendo a porta. Mandrake manifestava seu pesar pela perda de uma obra de tamanha importância, mas Desirée, lânguida em sua poltrona, dizia-lhe: "Não se preocupe, ele nunca faz menos que cinco cópias".

Eu era criança quando li isso, devia ter de oito para nove anos. Duvido que tivesse a intenção de virar escritor; e, no entanto eu a tinha, assim como tinha a intenção de ser qualquer coisa que estimulasse minha imaginação, que é o que costuma acontecer com as crianças. Deve ser por isso que prestei tanta atenção a esse detalhe, e resolvi que faria cinco cópias de tudo o que escrevesse na vida — para permitir-me um gesto tão grandiloqüente, e não sofrer as conseqüências. Não sabia muito bem que valor podia ter uma tragédia em verso, mas vê-la queimar sem deixar cópia me aterrorizava.

O personagem do escritor não era levado muito a sério na história. Era alto, de bigodinho, parecido com Erroll Flynn, só que mais palhacesco.

Quanto a mim, todo esse assunto me interessava muitíssimo, me absorvia. Na manhã seguinte, Mandrake perguntava a esses artistas como podiam suportar as humilhações a que a milionária os submetia, e eles lhe confessavam que ela lhes pagava muito bem, e que a outra opção era a miséria do artista, a fome, as dívidas. Eram fracos, apesar de seu gênio. Aqui há um aspecto que pode parecer irreal, mas não é tanto. Se pensarmos nos maiores artistas, logo virão a nossa mente, digamos, Picasso, Claudio Arrau, Simenon... Eles foram homens muito ricos, que nunca teriam vivido na miséria, estivessem ou não a soldo de uma mecenas exigente. Mas temos que levar em conta outros fatos, o primeiro deles (pelo qual comecei) é que estamos diante de uma visão romântica da arte, que, se parece menos realista, no fundo é mais real, porque é interior, independente dos fatos. Uma verossimilhança apegada servilmente aos fatos observaria que os grandes artistas, ou ganham muitíssimo dinheiro vendendo suas obras, ou, se forem demasiado vanguardistas para comercializar sua obra, conseguem subsídios, cátedras, bolsas ou cargos oficiais, sem ter de ficar à mercê das *lubies* de uma dama rica para fugir da miséria. Mas a verdadeira arte, a arte como me ensinaram a concebê-la leituras do tipo da que estou descrevendo, não opera com uma verossimilhança tão direta e rasteira, e aqui temos uma prova. Além do mais, ela o faz sem fugir da realidade; porque aqui Desirée faz as vezes de uma dessas instituições burocráticas que compram a alma do artista, em troca de um salariozinho de sobrevivência; ela pelo menos pagava bem, era uma linda mulher de carne e osso e os hospedava em um palácio das *Mil e uma noites*; portanto representava essas instituições, sem necessidade de rebaixar-se a metáfora ou alegoria, porque a história, tirando os truques de Mandrake, era perfeitamente realista. Para mim o mais intrigante era outra coisa, a saber: como ela conseguira descobrir qual era o melhor artista em cada arte? Acho que a resposta está no dinheiro: tendo tudo, como ela tinha, sua riqueza estabelece uma espécie de *regressus ad infinitum*; podia pagar os melhores críticos para fazer a escolha, e para escolher os críticos podia pagar os melhores teóricos, e assim sucessivamente.

Recordo acima de tudo a aproximação ao palácio, o primeiro quadrinho. Para mim é importante... Embora sempre tenha morado em pequenos apartamentos, os palácios mais lindos são inerentes a mim; os maiores, rodeados de parques... Os pobres amamos o luxo (são os intelectuais que amam a miséria). O sonho, a vida hiper-real... Durante toda minha vida procurei a técnica secreta da auto-hipnose. É como se toda minha vida estivesse cifrada nessa história em quadrinhos; talvez não se trate daquela que recordo; talvez nunca se trate de recordações. Talvez falar em "recordações" seja apenas um modo de falar, uma aproximação imperfeita às coisas que se furtam à palavra...

Fazer cópias daquilo que se escreve não é apenas prudência: é também liberdade. Podemos nos deslocar, sem bagagem, em busca de aventuras que serão uma fonte de inspiração para futuros livros, sem nos preocupar com o que fica para trás, porque, de certo modo, atrás não fica nada; as cópias permanecem ocultas, como tesouros, ocultas em sua própria reprodução mecânica. De mais a mais, é a isso que tende naturalmente o escrito: ao livro, que é uma cópia; um livro impresso é a cópia que recupera sua condição de original, com todas as idiossincrasias, as extravagâncias, as estranhezas por vezes inconcebíveis do único. E pouco importa que seja destruído, porque se reconstitui em outro exemplar.

Mandrake, típico herói de quadrinhos que sempre recomeça sua vida do zero, não aceitava a proposta de exclusividade que Desirée lhe fazia. Por mais que ela aumentasse os honorários, ele preferia sua liberdade. Desirée ficava como louca; era a primeira vez que alguém resistia a ela. Embirrava, com um ardor de fêmea no cio. Seu narcisismo se fazia em pedaços contra o muro de ouro da magia. (Na realidade, o que Mandrake fazia não era magia, e sim ilusionismo. Um misto de ilusionismo e hipnose, que nunca ficou totalmente claro.)

E então ele ia embora do palácio; abandonava aquele reino encantado, deixava seus habitantes seguirem sua vida um pouco neurótica, um pouco irreal, na gaiola de ouro. O palácio de Desirée, em seu equilíbrio instável, meio inferno, meio paraíso, poderia ter continuado a funcionar indefinidamente. Os artistas sujeitos a seus caprichos, em certa medida esterilizados, podiam continuar comendo em seus salões, passeando pelos jardins, comentando entre eles suas esperanças e fracassos. Mandrake preferia o mundo da realidade, das cidades e dos campos, das estradas e dos postos de gasolina poeirentos; o mundo sem arte, pois os maiores artistas, os que poderiam transfigurá-lo, eram prisioneiros da fada belíssima e malvada. A libertação, porém, estava próxima: seria provocada, num curioso paradoxo, pela vingança de Desirée.

Mandrake partia, com Lothar, em seu conversível modelo 53. Nem lhe passava pela cabeça que a harpia de que pensava estar se afastando o mantinha em sua mira, por meio de agentes e prepostos. Chegava na cidade, sentia fome, ia a um restaurante... Mas, um segundo antes que ele cruzasse o umbral do restaurante, este era adquirido por Desirée e fechava as portas, deixava de funcionar. A mesma coisa com o do lado, e com o café da esquina e com o supermercado... Se ele queria descansar em um hotel, ou ir ao cinema, tudo de repente era de Desirée, e proibiam-lhe a entrada sem necessidade de fazer discriminações: simplesmente o estabelecimento fechava. De nada adiantava ele ir a outras cidades porque o longo braço do dinheiro hostil cobria as distâncias antes que ele; além do mais, não era tão fácil viajar, porque os postos de gasolina também eram comprados, assim como as companhias petrolíferas que os abasteciam. A manobra era muito hábil, e os recursos da dama a tornavam possível. Todas as portas se fechavam para Mandrake, e o víamos barbado, magro, roto, exausto, vivendo um verdadeiro pesadelo. O vazio se abatia sobre ele; era pior do que estar no deserto, mais cruel. A principal vantagem do personagem de quadrinhos, sua liberdade, sua autonomia de primeiro homem, de perene aurora do mundo, voltava-se contra ele, porque não tinha uma família a que recorrer, um passado onde buscar ajuda.

De novo parece que deparamos com o inverossímil, neste caso mais brutal, pois a manobra de Desirée é o tipo de coisa que sai da mente de uma criança. Mas vale observá-la com mais cuidado, com mais amplitude, não ao rés dos fatos. Em primeiro lugar, essas leituras infantis nunca são pueris: não foram escritas por crianças, e as crianças que as leram tornaram-se adultos graças a elas, graças ao fato de as ajudarem não apenas a passar o tempo, mas a ganhá-lo. A puerilidade está antes naquilo que fica à margem do circuito do dinheiro. E a literatura para crianças só é feita por dinheiro. Quase poderia se pensar em uma operação como a de Desirée: sempre que a vítima se volta para um objeto artístico, este se transmuta em arte comercial, e o prazer estético é frustrado. Mas na arte o tempo é fundamental, e, dada a suficiente quantidade de anos, até a mais abjeta bobagem se torna sublime. Basta sobreviver o suficiente, e com Mandrake travara-se uma guerra de sobrevivência: ganharia quem agüentasse mais tempo.

Claro que com dinheiro há muitos modos de infernizar a vida de um inimigo. O escolhido por Desirée é menos uma metáfora desses modos que o modelo de todos eles. Estava fadado ao fracasso pelo próprio meio em que tinha lugar: a história em quadrinhos é um meio democrático por excelência, só admite a vitória do mérito, nunca a do dinheiro. Na verdade, o que tornava essa história tão maravilhosa e excepcional é o fato de que, na primeira parte, ela mostrava, sim, uma possibilidade de vitória do dinheiro, no palácio, no *status quo* criado pela histeria de Desirée. Frágil, fugaz, ameaçado, mas também eterno.

No cerco a Mandrake, Desirée manifestava um desejo de totalização, e o executava do modo mais econômico possível, o mais simples e direto, revelando-se uma autêntica norte-americana. Não ficava na teoria, como qualquer um tende a fazer com a totalização. E ela encarava a prática assumindo todos os riscos, que eram muitos, como se verá. Se a totalização resiste com tanta tenacidade a ser posta em prática é porque na prática sempre se tem que começar, e se tem que começar por uma parte, uma parte que é necessariamente parcial, e então é como se por um momento, que pode ser longo e laborioso, estivéssemos traindo o projeto do total. Para a bela Desirée, as coisas foram facilitadas pela pressa, e porque Mandrake ia mostrando-lhe o caminho.

Nesse ponto há uma lacuna, que me intriga bastante. Não me lembro como Mandrake fez para ganhar nesse pôquer global. Sei que ele ganhou, porque me lembro bem do desenlace da história, que contarei a seguir. Mas há um lapso antes de chegar a ele. Talvez eu me tenha deixado levar pela imaginação, mas penso que é um lapso de certo modo deliberado, estratégico, para que a lembrança de todo o resto funcione como um teste, e eu possa me exercitar em soluções. Mas nestes quarenta anos não cheguei a nenhuma.

O que eu lembro, sim, é que havia uma solução, um contra-ataque engenhoso de Mandrake, que lhe valia a vitória: porque o desenlace da história acontecia como um complemento, independente e de certo modo gratuito. Provavelmente, era nessa passagem esquecida que Mandrake exibia suas habilidades de ilusionista e hipnotizador, que no resto da história não tinham lugar. Dá o que pensar, o que ele pode ter feito... Seus dons vêm bem a calhar, pois toda a situação tem algo de ilusão ou jogo psíquico: parece o predicamento de Midas, do avesso, e também um pouco do direito. Não sei. Sinceramente, me esqueci.

Finda a aventura, acontecia que Desirée tinha ficado sem um centavo. Gastara toda sua incalculável fortuna na custosa perseguição a Mandrake. Pela primeira e última vez, tinha ido longe demais. Eu era implacável em minhas leituras, não deixava passar um único erro, e aqui detectei um, e dos grandes: entendia que uma grande fortuna pudesse se esgotar, na compra de cidades inteiras (no limite, e deixando de lado as contingências, Desirée deveria ter comprado o mundo inteiro à vista); mas ela o comprara, e era dela. Por mais que tudo se desvalorizasse, porque ela comprava para fechar, as instalações deviam conservar certo valor, e revendendo-as ela poderia reconstruir uma fortuna, ainda que mais modesta. Mas não era assim: Desirée ficava na rua, sem nada. A única solução que me ocorria era que ela tivesse comprado metade com fundos reais, e a outra metade a crédito, e no final a conta desse zero.

Não tem maior importância. É uma "licença poética". Já se sabe que nas histórias em quadrinhos impera uma grande simplificação. Desirée era pobre, tinha de abandonar seu palácio, sua corte se dispensava... Meses mais tarde, Mandrake recebia um convite para jantar num apartamentinho de um bairro pobre... Ele comparecia, equânime e bonachão, assim como comparecera ao palácio, sorridente, reconciliado. Era recebido pelo Escritor, e por sua mulher: Desirée. Tinham se casado, tinham um bebê... Quando todos viraram as costas para a milionária falida, o Escritor permanecera fiel a ela, apesar de tudo. Porque a amava, gostava dela, não de seu dinheiro, e, como num conto de fadas, por fim tivera a chance de provar seu amor. Era quase milagroso. Lágrimas de emoção e de alegria enevoavam minha vista, lia a custo a última página. Na realidade, se o melhor escritor do mundo se apaixona pela mulher mais rica do mundo, como provar a ela que a ama de verdade, não por interesse? Só um milagre... E era um amor verdadeiro, como os de antigamente, louco, romântico: porque ela não tinha qualidades morais nem intelectuais que a recomendassem como mulher de um escritor. Era apenas indescritivelmente linda, a musa perfeita do grande artista, e isso bastava para revelar quão grande ele era, quão autêntico: ele era o conto de fadas feito realidade, ele era o mágico, o deus da literatura.

Nunca um conto de fadas teve um final tão lindo. O jantar com o convidado era acidentado, humorístico, com singelos detalhes de costumbrismo. Em primeiro lugar, devo dizer que não persistia nenhum rancor; Mandrake era um amigo do casal, um amigo por quem sentiam gratidão, pois, afinal de contas, deviam sua felicidade a ele. Faziam o possível para agradá-lo, dentro da precariedade de seus meios e da desordem doméstica. Porque aí se juntaram a fome com a vontade de comer. O Escritor não tinha senso prático, vivia nas nuvens, e Desirée, na pobreza, não perdera suas manhas de menina rica; nenhum dos dois se entendia com a casa, que era um caos: a comida queimava, o bebê chorava, as contas a pagar se acumulavam. Ela estava pintando as unhas sentada em uma poltrona desconjuntada; ele, lavando a louça e trocando as fraldas da criança. Mandrake sorria, compreensivo. Era a realidade, que transcendia a magia, a arte, o encantamento: a riqueza da riqueza. E a realidade me confirmava que, afinal de contas, era verdade: a pobreza não era uma alternativa retórica e sim o meio em que a imaginação e o amor se costumavam. Nada de bolsas nem cargos em universidades nem mulheres-secretárias convencidas do gênio que seu marido, senão o milagre.

A segunda destas "leituras perdidas", eu a fiz algum tempo depois, por volta dos quinze anos, em todo caso antes dos dezoito, porque ainda morava em Pringles. Agora que começo a contá-la, depois da anterior, encontro certa relação poética entre as duas. Quero dizer, a relação não estaria somente na contigüidade delas em minha memória, tão abarrotada de livros, de resto, mas no conteúdo, como se a segunda continuasse a primeira. Já disse que eu não tinha uma idéia clara da literatura, o que fui fazendo ao longo dessas leituras, sobretudo da *Reader's Digest*, que devorava de cabo a rabo, incluindo os anúncios. Ali eu soube que os escritores podiam ganhar a vida, com certa dificuldade, vendendo seus contos e artigos para revistas. A medida do sucesso era dada pela compra e pelo pagamento do escrito por uma dessas revistas. Portanto, por trás de tudo o que eu lia nas revistas (ou na *Reader's Digest*, que era o compêndio de todas elas) havia um cheque, uma pequena história real. O Escritor da história de Mandrake, em sua nova vida como pai de família, devia ter garantido o leite das crianças por meio desses expedientes. (Eu ainda não tinha noção do que era qualidade, arte pela arte, alto e baixo.) Então, esta outra história podia ser obra dele.

Eu a li numa revista, mas não na *Reader's Digest*. Era uma revista popular de ficção científica, não me lembro do nome, não de histórias em quadrinhos e sim de contos. Também não me lembro do autor, mas me lembro, sim, do título do conto, porque no título estava toda a história: "Narapóia". Serei breve, porque a história em si não permite estender-se, e seria injusto pôr-se a fazer interpretações ou comentários que o autor não fez. Uma mínima sinopse bastará para algum eventual leitor destas páginas localizar o conto, e me avisar.

Tratava-se de um psicanalista que recebia um paciente novo e o escutava. O problema do paciente era do tipo persecutório, um pesadelo diurno, a constante sensação de estar participando de uma investigação ou vigilância, nas ruas, e a suspeita quanto à realidade do que estava acontecendo... Não se explicava bem, suas frases eram ambíguas, mas a idéia geral do assunto, somada a seu aspecto perturbado, ansioso, configuravam um caso clássico de delírio persecutório, e o analista não tardava a iniciar a interpretação; fazia-o com todo o tédio de encontrar-se mais uma vez diante de um caso "de manual", dos que ele tinha três por semana e provavam que as patologias da mente já estavam muito batidas, muito mapeadas... "O sr. sofre de um mal muito conhecido, chamado paranóia...", e passava a recitar de memória os sintomas. O paciente o interrompia: "Não, o sr. não entendeu. Não é a sensação de ser perseguido que me atormenta, mas a de estar perseguindo alguém". Epa! O analista dava um pulo, despertava de sua sesta rotineira. Isso era muito interessante. E não apenas para escapar do tédio de uma tarde de neuróticos. Pois tinha certeza de que essa sintomatologia não estava registrada na bibliografia analítica, que ele conhecia bem. Esse homem sofria de uma doença nova, e a sorte o trouxera a seu consultório, dando-lhe a oportunidade única de fazer a primeira descrição, a canônica, e garantir seu lugar na História da Psiquiatria. Era um privilégio que ele não iria desperdiçar. Sua carreira, estagnada em uma prática medíocre e sem horizontes, de agora em diante podia seguir um rumo estelar. Tomava nota de cada palavra do paciente, fazia-lhe perguntas, e no final da sessão marcava outra para o dia seguinte. Durante a noite passava suas anotações a limpo, começava a tecer hipóteses, esboçava os primeiros parágrafos do artigo em que revelaria sua descoberta, acalentava projetos de comunicações em congressos, de um livro... Entre seus privilégios de descobridor estava o de batizar a nova patologia, e, como era igual à paranóia mas ao contrário, decidia chamá-la "Narapóia".

Nas sessões seguintes, seu entusiasmo só fazia aumentar. O sujeito estava completamente maluco, por sorte. Ia para a rua e logo era tomado pela certeza de estar seguindo alguém, e realmente o seguia (ou não?), não conseguia ignorar o imperativo de não perder o rastro desse perseguido real-imaginário, escondia-se atrás das árvores para não ser visto, parava diante de uma vitrine fingindo interesse, para esperá-lo, ficava horas na esquina da casa onde entrara... O analista tomava notas, depois as estudava, fichava, redigia, sistematizava. Era tão grande sua certeza de estar no rastro de uma descoberta histórica que descuidava de seus outros pacientes, e acabava dando alta a todos para dedicar-se em tempo integral a seu precioso caso de narapóia. Precisava de tempo, pois havia concluído que, se quisesse fazer sua pesquisa como se deve, não bastaria o material colhido nas sessões, tendo de fazer trabalho de campo. Por isso, logo de manhã cedo, ia até a casa do paciente, esperava-o escondido e, quando o via sair, seguia-o, sempre oculto, a uma distância prudente, observando suas reações, registrando seus percursos. A tarefa era absorvente, consumia todo seu dia, ele voltava exausto para casa, onde passava os resultados da experiência para o papel. A mesma coisa no outro dia, e no seguinte. O caso se encaminhava naturalmente para a obsessão: por um lado, lhe dava importância absoluta, pois sentia que seu destino profissional dependia dele; por outro, chegar às conclusões não era tão simples; quanto mais material reunia, mais lhe faltava, pois cada novo elemento abria novas perspectivas: as perseguições na rua eram cheias de contingências, de riquezas que permaneciam suspensas. O que começara como uma coisa simples se complicava; percebia que, ao perseguir seu paciente, os sintomas deste se repetiam nele mesmo, como numa simulação experimental. Sendo assim, devia não apenas observá-lo em seus itinerários ziguezagueantes de perseguidor, mas devia também observar a si mesmo, repetindo, cinqüenta metros atrás, os mesmos itinerários e sofrendo a mesma ansiedade, o mesmo temor de perdê-lo ou de ser descoberto, o mesmo estresse da atenção. Acabava dedicando-se ao caso dia e noite, todos os dias.

Pois bem, já se sabe que os psicanalistas devem ser psicanalisados, para não perder a habilitação. Esse psicanalista tinha seu controle, e se, num primeiro momento, havia ocultado o que estava acontecendo, temendo perder a exclusividade da descoberta, acabara prevalecendo a confiança que tinha no colega, fruto de uma transferência construída ao longo de anos, e lhe contava tudo. Na verdade, não poderia não fazê-lo, a tal ponto o caso havia alterado sua vida e monopolizado seus interesses. O "controle" já notara algo um pouco, ou muito, estranho, e começara a tirar suas próprias conclusões. Tinha acompanhado sua mudança, de um profissional calmo e ponderado a uma pilha de nervos, alucinado, com fundas olheiras e claros sintomas persecutórios. A revelação confirmava algumas de suas suspeitas, ao mesmo tempo em que alterava sutilmente sua direção. Não duvidava nem por um instante de que estava diante de um grave transtorno comportamental, uma patologia; tampouco duvidava da veracidade do relato. Evidentemente, na origem havia um paciente com sintomas estranhos, e o desejo de saber, mais o de abrir caminho na rarefeita atmosfera teórica de uma profissão no fundo ferozmente competitiva, transtornaram aquele analista. Era uma espécie de paranóia ao contrário (gostava do nome: narapóia), uma doença de psicanalistas. Para ele, para o "controle", poderia ser uma interessante oportunidade de estudá-la, de fazer História descrevendo uma nova patologia... Tudo o que acontecera com o outro acontecia com ele, em um nível mais alto de teoria, o que reforçava a verossimilhança e o fazia cair na armadilha, apesar das salvaguardas criadas pelo próprio rumo dos fatos; era mais verossímil porque, sendo uma doença de psicanalistas, e por ser a psicanálise uma disciplina relativamente nova, entendia-se o porquê de só se manifestar agora. Imitava-o até na idéia de realizar pesquisas de campo, na rua, e assim saía, todos os dias, atrás dele. Como os "controles" não estão isentos da obrigação de "controlar-se", havia um terceiro psicanalista que entrava em cena, em um terceiro nível de complicação, e depois um quarto... Pouco depois, as ruas se enchiam de perseguidores escondendo-se atrás das árvores, tropeçando com todo o mundo por ter a vista fixa em alguém à frente, parados diante de uma vitrine que não viam, passando noites inteiras vigiando uma casa... A narapóia conquistava seu lugar ao sol, e o mundo se tornava narapóico.

Como se vê, trata-se de um continho cheio de ensinamentos, de reflexões, perfeitamente compreensível, uma leitura ideal para a juventude, preparação para a vida, compêndio de informações um pouco aleatórias mas de caráter mnemônico, e muito eficaz, como se pode verificar. "Não existe livro tão ruim que não deixe algum ensinamento." A fé nesse axioma acaba abarrotando nossa memória de livros e ensinamentos embaralhados, contraditórios. O ensinamento que toda leitura deixa é seu estilo, e ninguém pode viver com mil estilos diferentes combatendo dentro de si.

O conto "Narapóia" tem o formato de um mito de origem. Dos que terminam com frases como "e foi assim que nasceu o Correio", ou "e a partir desse dia os papagaios falaram palavras sem sentido" etc. Esse é um mito defeituoso, porque a narapóia não existe na realidade; contudo, a existência do mito (que talvez eu seja o único a recordar agora) lhe dá uma espécie de realidade, que me encanta.

No momento de passar à terceira e última dessas leituras perdidas, percebo, para minha infinita consternação, que a chave de todo este exercício é a memória; quero dizer, não se trata apenas de recordar, mas de que a memória já estava ali antes, implícita, dando forma àquilo que se oferecia como seu objeto. A memória é o planeta em que vive a leitura, portanto não espanta o fato de que tenha começado com ela, e vá terminar com ela, galgando os degraus de uma crescente complexidade que sou o primeiro a deplorar. Porque eu sou o evangelista da simplificação, na qual deposito todas as minhas esperanças. É por isso que sou um inimigo tão declarado da memória, esse barroquismo; por mim, nunca a usaria, mas, como isso não é possível, gostaria de pelo menos despojá-la de toda sua roupagem, de sua casca, de sua "poesia", e deixá-la reduzida a uma pura mnemotécnica, à máquina que ao mesmo tempo a realize e a aniquile. Essa guerra unipessoal só pode ser travada no terreno da literatura, e a batalha final deveria ser a criação de um mito de origem da memória. Mas isso é utópico, irrealizável. A memória é a profecia auto-realizada por excelência (como a narapóia), e talvez a simplificação devesse começar por uma inversão, que fizesse da memória a *"momería"* (momice).

Muito bem. Aceita a impossibilidade de escapar da memória, devo dizer que na terceira leitura perdida chego a um dos extremos a que posso aspirar chegar: não me lembro de nada, nem do título, nem do autor, nem do argumento... Não sei como começar. Duvido que consiga despertar uma lembrança pertinente em algum leitor, mesmo que obrigasse milhões a lerem o que escrevo. Não sei nem sequer como me farei entender. Parto para a aventura, no escuro, entregue à máquina de frases e parágrafos que me move e que sou. A partir de agora, estou em "piloto automático".

Aconteceu há quase um quarto de século. Devo contar as circunstâncias porque foi uma "leitura de circunstância", e talvez isto lhe tenha conferido significado: depois se independizou, e ficou pairando sozinha e isolada, numa bolha de esquecimento imperfeito. A circunstância foi que eu estava preso, na cadeia. Passei muitos anos me perguntando quando, exatamente, estive preso, sem conseguir me lembrar. Por um lado, as condições políticas durante os anos 70 foram no fundo tão parecidas que poderia ser qualquer ano; por outro, toda minha juventude aconteceu numa espécie de eternidade igual, uniforme, que afogava até os acontecimentos mais assombrosos. Só me lembrava que era inverno, e que a certa altura foi o Dia da Bandeira (20 de junho, como hoje, que coincidência); e me lembrava desse último fato porque entre os presos se falara em anistias patrióticas. Mas esse dado de nada me servia, porque todos os anos tiveram um 20 de junho. Até que, de repente, por cansaço, de tanto pensar, aflorou um fato ocorrido na tenebrosa delegacia para onde me transferiram certa noite. Quando me viu aparecer, um oficial fez cara de surpresa e gritou alguma coisa. Eu não entendi (estava surdo), e ele tornou a gritar, e eu a não entender. Amaldiçoei freneticamente os pompons de sangue seco e cartilagens esmigalhadas que eram minhas duas orelhas. A angústia que aquilo me causava era indescritível, sobretudo por saber que nunca entenderia: não era culpa apenas de minhas orelhas arrepolhadas; eu quase nunca entendo o que me dizem, preciso adivinhá-lo, e só posso fazê-lo nas condições adequadas de relaxamento e reflexão, com boa luz e os ouvidos funcionando. Essa noite seria impossível. E, no entanto, não sei por que milagre, consegui adivinhá-lo, e respondi com um abjeto sorriso "social": 22 anos. Era isso. De fato, estava me perguntando a idade. Dias depois entendi a razão de sua curiosidade. Se eu fosse menor de idade, minha situação como preso-seqüestrado seria outra, e o policial temia complicações. Eu devia aparentar treze anos: pesava cinqüenta quilos, era imberbe e segurava meus óculos entre dedos de menina, porque suas duas hastes estavam quebradas. Mas tinha 22 anos. E isso quer dizer que era o ano de 1971.

Não vou entrar em detalhes. Num dos avatares de meu encarceramento, estive em um pavilhão com cem camas e um único companheiro de infortúnio, um epiléptico. Descobri contra a parede dos fundos um pequeno armário escangalhado, cheio de livros. (Essas coisas só acontecem comigo.) Eu sou como o chinês na fila do patíbulo, e ao longo de minha vida quase não fiz outra coisa além de ler. Nenhum livro me parece de todo ruim. Devo ter passado umas três semanas nesse pavilhão. Pois bem: li um único livro do armário, e foi o que ficou registrado em minha mente como o pior livro do mundo, o definitivamente pior. Não sei como isso pôde acontecer, como consegui passar três vezes sete séculos trancado com várias centenas de livros, e ler apenas um (sua leitura não pode ter levado mais do que meia hora). Mas, na realidade, não é tão estranho assim. Já me aconteceu outras vezes, ter milhares de livros à minha disposição e não encontrar nenhum que me desse vontade de ler, nem um único. Justo a mim! Não entendo, é paradoxal demais. Deve ser uma questão de ânimo, mas até isso tem seus limites. Enfim, aquela era uma situação especial, uma situação-limite, justamente. Lembro que olhei um por um. Eram o descarte do descarte, deviam ter sido rejeitados até pelos catadores de papel. Havia um único autor que eu conhecia, Pío Baroja, de quem nunca lera uma única linha, e continuo sem ter lido. Não li o livro de Pío Baroja, mas outro, sei lá por quê.

Era um livro fininho, com capa de papel, uma peça de teatro. Uma dessas edições baratas da época de Florencio Sánchez. Decerto pensei que uma peça de teatro me levantaria o ânimo, ou pelo menos daria uma nota diferente. O nome do autor não me dizia nada, e o esqueci sem remédio, assim como título. Como já disse, eu o li em dois tempos, sem erguer a vista. Não tenho nada a contar porque não me lembro da trama, se é que a tinha, mas, mesmo assim, tentarei fazer uma descrição do pouco que guardei, sem inventar nada.

Era algo assim como um "drama burguês", muito sério, quase trágico. O tema era um amor impossível, entre um senhor e uma senhora; ela devia ser casada, ou ele, ou ambos. Ou talvez não. O fascínio que me causou devia-se ao fato de não acontecer nada, do princípio ao fim. O amor era impossível ao começar, continuava sendo impossível ao terminar, não se consumava, e durante o desenvolvimento não acontecia absolutamente nada. O impossível se manifestava por uma decisão psicológica prévia, não por entradas e saídas nem pela presença de maridos ou mulheres, ou sogros, ou filhos. Não havia desenvolvimento. Os diálogos eram abstratos. O autor deve ter querido dar-se ao capricho de escrever uma peça de teatro (nos anos 20, ou 30, podia haver gente com semelhante idéia), e o fez; mas, por carecer do menor talento dramático ou literário, e por não ter a firme intenção de aprender o ofício por dentro, tinha engendrado aquela aberração exangue, que sabe-se lá por que circunstância casual chegara a ser impressa. Depois disso, certamente nunca mais o tentou, o que explicava que seu nome me fosse de todo estranho, a mim, que conheço todos.

A peça não podia ser criticada, estava acima disso. Mas, se um amigo do autor, pressionado por este e movido pela piedade ou pela cortesia, tivesse querido apontar um defeito, não teria outro remédio senão assinalar seu estatismo, a falta de progressão. E aí justamente o autor tinha feito alguma coisa, o que podia ser um sinal da existência desse amigo, e que era sem dúvida um sinal da existência do autor. É aqui, no detalhe técnico, onde ficou a única marca palpável do homem que foi esse autor, um homem como eu ou como qualquer um. Um pobre infeliz que, desprovido de talento e de inteligência, ainda assim teve o impulso de "fazer as coisas direito", uma vez que se deu ao trabalho de fazê-las. Neste ponto deve ter tomado como modelo algum dramaturgo sério, Shakespeare ou o autor de algum "drama social" de sucesso na calle Corrientes, tanto faz. No teatro existem mecanismos externos, que atravessam todos os níveis de qualidade, para conseguir este ou aquele efeito, neste caso, para criar progressão, dinamismo.

Não fez mais do que uma tentativa, e a deixou, compreensivelmente, para o último ato, que era longuíssimo. Vou descrevê-lo, mas minha mão treme. Não quero ser injusto nem alardear uma superioridade que me parece cada dia mais duvidosa. Acima de tudo, não gostaria de ser humorístico: ninguém deve rir do que se segue. Algum dia vou dizer por quê. O recurso de que o autor lançou mão foi ambientar o último ato, durante o qual os amantes tinham sua explicação e despedida definitivas, em um salão com janelas para o exterior e na última hora da tarde. Ao longo da cena, a luz ia diminuindo gradativamente, em graus que deveriam ser o mais imperceptível que o sistema de luzes do teatro permitisse, até chegar à escuridão total da noite. Com isso se conseguia o mapa da "escritura visual" da passagem do tempo, casada a uma ressonância objetiva do ânimo dos amantes, progressivamente deprimidos pela confirmação da impossibilidade de seu amor. Estava bem pensado, mas era muito pouco; é como dizer que a idéia "dois e dois são quatro" está "bem pensada". De fato, está; mas, mesmo assim, equivale a nada. E como *ersatz* da dinâmica que faltava à peça era patético, infantil. Apostava todo seu minimalismo involuntário nessa única ficha; é possível que essa cena tenha sido a idéia original que o animou a escrever a peça, e o ofuscou na busca de outros atrativos.

Era digno de se imaginar. Ele mesmo devia tê-lo imaginado, à medida que escrevia. Apoiara-se em rubricas intercaladas ao texto, dando com elas, de quebra, instruções para o diretor ou o iluminador. Não as regateara, de modo a ganhar precisão na escalada da escuridão.

Quando se abriam as cortinas, a indicação cênica, depois de passar rapidamente por móveis, tapetes, cortinas e jarros (ou nem sequer isso, pois tenho a impressão de que os atos anteriores transcorriam no mesmo salão), detinha-se no detalhe, que por ora podia parecer apenas um detalhe, da grande janela e da luz da tarde que banhava os personagens e o cenário. Começavam a trocar suas nonadas... Quem se importava? O autor menos que todos: eu o sentia apressado em superar o quanto antes, e com o menor gasto de neurônios, o lapso que o autorizasse a inserir outra rubrica, outro tijolo na construção de seu deliberado monumento de sombras. "A luz diminuiu." Precipitava-se um pouco, por causa da impaciência, mas isso era o de menos. Existem crepúsculos rápidos, ou irregulares, e, além disso, os atores podiam articular suas falas mais lentamente, ou fazer pausas entre elas. Mais ou menos a cada dez réplicas havia uma rubrica, sempre no mesmo sentido: "a luz diminui mais um pouco", "a luz continuou diminuindo", "a luz já diminuiu muito". A partir de certo ponto a terminologia mudava: "insinua-se a penumbra", "estão na penumbra", "suas silhuetas se recortam numa acentuada penumbra". Estou simplificando, porque as rubricas para o iluminador eram dezenas, e as expressões empregadas para manter a progressão eram um verdadeiro desafio à criatividade. Num alarde de virtuosismo, restrito a esse ponto, o dramaturgo desdenhara a solução fácil de resolver a questão com uma única indicação geral no início, algo assim como "ao longo da cena, a luz vai diminuindo gradualmente até terminar na escuridão". Ao ir intercalando rubricas a prazo fixo, era como se tivesse reservado a possibilidade de alterar o curso inexorável do crepúsculo com uma rubrica no sentido inverso: "a luz aumenta". Não o fazia, claro, mas não teria sido tão inverossímil assim: às vezes acontece, numa tarde nublada, a abertura de uma brecha perto do horizonte, e quando só resta esperar a noite, surge um raio de sol. Mesmo com o sistema de intercalações, e sem renunciar a essa espera um pouco absurda de reversão, haveria outra solução fácil, que consistiria em repetir cada vez a frase "a luz diminui", na qual se subentendia que a luz diminuía "mais um pouco" em relação à vez anterior. Também a descartou, mas temo que afirmar que o tenha feito movido pelo prazer de escrever e de inventar frases seria por demais benévolo, uma mera fantasia de minha parte. Fez isso por pura inépcia.

E continuava: "Já está quase escuro", "o cenário se funde com a crescente escuridão", "resta apenas uma sombra de luz em meio à escuridão". Isso estava longe de ser o fim, porque depois vinha: "mal se distinguem nas trevas", "já não se vêem um ao outro", "já não se vê nada"... E ainda continuava.

A prova de que essas rubricas eram o que realmente acontecia, a única coisa que acontecia, estava no fato de o diálogo que servia para escandi-las ser vazio, sem conteúdo; aliás, como os quatro atos anteriores. Não consistia nem sequer nos lugares-comuns dramáticos que normalmente forjavam o vazio, do tipo "você me ama?", "eu te amo?", "isto é o adeus", "você não me ama", "adeus". Era um vazio muito mais genuíno, o que por sua vez constituía um *tour de force* negativo: "que foi que você disse?", "nada", "achei que você tinha dito alguma coisa", "eu só respondi", "mas eu não perguntei nada", "já não há mais nada a dizer", "é verdade", "pois é", "por que você diz isso?", e aí entrava outra rubrica: "a escuridão tornou-se mais densa". O vazio de conteúdo, ao despojar a ação de qualquer motivo razoável para terminar, tinha o efeito de tornar a progressão infinita.

22 de junho de 1995

O ESPIÃO

Se eu fosse personagem de uma peça teatral, a falta de verdadeira privacidade me causaria um sentimento de desconfiança, de inquietação, de suspeita. De alguma maneira, não sei como, sentiria a presença do público, silenciosa e atenta. Estaria o tempo todo consciente de que minhas palavras seriam ouvidas por outros, e embora isso pudesse até ser conveniente para parte do que digo (há coisas inteligentes que falamos para brilhar perante o maior número possível, e de fato às vezes lamentamos que não haja público para apreciá-las), tenho certeza de que haveria outras partes que deveriam ser pronunciadas em uma intimidade autêntica, não fictícia. E seriam as partes mais importantes para entender a trama: nela se basearia todo o interesse e o valor da peça. Mas sua importância não estimularia minha loquacidade; muito pelo contrário: eu tomaria ao pé da letra a exigência de segredo, como sempre fiz. Simplesmente, preferiria não falar. Diria: "Vamos para outra sala, preciso lhe contar uma coisa importante que ninguém deve ouvir". Mas aí cairia o pano, e na cena seguinte nos encontraríamos na outra sala, que seria o mesmo palco com outro cenário. Eu daria uma olhada ao meu redor, farejaria o inefável... Eu sei que na ficção não há platéia, e em meu caráter de personagem eu o saberia melhor ainda, pois minha existência mesma se basearia nesse conhecimento. Mas, mesmo assim... "Não, aqui também não posso falar..." claro que, então, enfim convencido de que o cenário me seguiria até o fim do mundo, poderia contornar o problema dizendo coisas inócuas, não comprometedoras, sacrificando o interesse da peça. Mas isso é justamente o que eu jamais poderia sacrificar, pois disso dependeria minha existência enquanto personagem. De modo que chegaria o momento em que não haveria outro remédio senão falar. Mas ainda assim relutaria, presa de um horror mais forte do que eu! Minha boca estaria selada, as chaves da circunstância (pelo menos as chaves de que eu disporia) não poderiam vir à luz, de modo algum, jamais! E veria, com a impotência de um pesadelo, desvanecer-se uma faixa, grande ou pequena, talvez importante, fundamental até, do valor estético da peça. Por minha culpa. Os demais personagens, desorientados e como que mutilados, começariam a se mover e a atuar como fantoches, sem vida, sem destino, como nesses dramas desastrosos em que nada acontece...

Então, e só então, eu me aferraria a uma última esperança: a de que os espectadores adivinhassem do que se tratava, apesar de minha recusa em dizê-lo. Esperança desmedida, porque eu estaria ocultando fatos, não mais simples comentários ou opiniões. Se o que eu devia revelar, revelar a alguém, com o máximo de discrição e por motivos muito específicos, é que sou um agente secreto de uma potência estrangeira, e em todas as minhas falas anteriores e posteriores esse dado se mantém, como é lógico, muito oculto (o autor, se for bom, já terá cuidado disso), como é que os espectadores vão saber disso? É ridículo esperar que o deduzam justamente a partir de meu silêncio, de meus escrúpulos de privacidade, sobretudo porque eu poderia ser qualquer coisa: poderia ser, em vez de um espião, um filho natural do dono da casa, ou um assassino fugitivo que adotou a personalidade de uma de suas vítimas...

Mas essa esperança depositada na inteligência sobre-humana do espectador, mesmo louca, não seria o reverso de um temor, também bastante absurdo, mas que a realidade justificou muitas vezes: o temor de que, apesar de tudo, o adivinhem? Se me nego a falar, se faço uso de tamanha prudência, a ponto de obedecer a uma desconfiança de matiz sobrenatural (como suspeitar que na realidade falta uma das quatro paredes e que há pessoas sentadas em poltronas escutando o que digo) é justamente porque tenho segredos a guardar, segredos graves.

Ao abrigar a esperança de que adivinhem meu segredo, não estaria me comportando exatamente ao contrário do que deveria? Como poderia sequer imaginar chamar isso de "esperança", na vida real? É a arte, na qual embarquei ao tornar-me personagem, que me impele a essa extravagante aberração. Na arte há uma condição que se antepõe a qualquer outra: fazer bem feito. Daí eu ter de ser um bom ator, em um bom drama: se não o fizer bem feito, não haverá efeito, a representação cairá no vazio. "Fazer bem feito" e "fazer" andam juntos na arte, fundidos, como em nenhum outro lugar. Portanto, se minha perspicácia de hipersensitivo me obriga a dissociá-los, não me resta outro recurso a não ser a esperança: uma esperança fatal, equivalente à morte. Porque meus segredos são de tal gravidade que eu não sobreviveria à sua revelação. Esta última é uma descoberta que acabo de fazer no transe em que me encontro, e quase poderia dizer que entrei no jogo fatal da arte para fazer tal descoberta.

Tenho vivido até agora na certeza de que meus segredos estão bem guardados: estão no passado, e o passado é inviolável. Eu sou o único que tem a chave desse cofre. Ao menos é o que penso: que o passado se encerrou definitivamente, que seus segredos, que são os meus, jamais serão revelados a ninguém, a não ser que eu me ponha a contá-los, e não tenho a mais mínima intenção de fazer isso. Mas às vezes penso que esse cofre não é tão inviolável assim. De algum modo, o tempo poderia girar sobre si mesmo, de algum modo que minha imaginação não consegue prever — ainda que, ou porque, seja justamente minha imaginação que me leva a essas suspeitas exorbitantes —, e então o oculto se tornaria visível. Mas, sempre que penso nisso, penso também que é de fato seguro, inviolável, definitivo, que não há motivo de preocupação por esse lado, e que, se o que eu quero é me preocupar, posso fazê-lo por outros motivos. Por tantos que, se eu me pusesse a enumerá-los, não terminaria nunca, porque sempre apareceria mais um. Mas todos eles coincidem no centro, que é o lugar, no centro do palco iluminado, onde me agito em minha paralisia, onde tremo e me cubro de um suor gelado...

Fundido a mim há um ator. Não posso separá-lo de mim, exceto pela negativa: não sei o que ele quer, não sei o que ele pode. Também não sei o que ele pensa... É uma estátua de medo, um autômato da apreensão, que coincide comigo em cada fibra. O autor o tematizou numa peça, do que resulta um *doppelgänger*. A idéia foi explorada até a saciedade: o ator que representa dois personagens que se revelam gêmeos ou sósias. Com as limitações do teatro, os dois personagens, para ser o mesmo ator, devem evoluir em espaços heterogêneos. Sempre há uma porta de permeio, uma entrada ou uma saída, um equívoco ou uma troca de cenário. A mecânica da encenação desloca os espaços, mas, na medida em que cria a ficção, estabelece um *continuum* entre eles, que acarreta o horror do cara a cara com o duplo. Pode-se ir um pouco além, já na direção do *grand guignol*, e efetuar o encontro por meio da maquiagem, do vestuário, das luzes, contando com a distância a que estão os espectadores. (Uma restrição importante: esta observação só se aplica ao teatro moderno, pois o antigo, ao usar máscaras, operava ao contrário.) Já o cinema, graças à montagem, pode fazer isso perfeitamente. A televisão, embora também disponha da montagem, se excede, porque nela intervém o elemento "tempo", e o olhar do espectador fica perto demais, e é como se enxergasse os pensamentos. No teatro, quando não se quer recorrer a truques duvidosos (ou não se conta com dois atores gêmeos de verdade), é necessário tematizar a tematização do duplo, de modo que os dois personagens idênticos no final se revelem um só.

Tudo o que disse acima me parece bastante confuso, e devo dizê-lo de outro modo (não exemplificá-lo, e sim, mais uma vez, tematizá-lo), se eu quiser fazer-me entender. Cedo ou tarde chega-se a um ponto em que é vital ser entendido corretamente. O oculto não pode persistir sem essa transparência, sobre a qual se faz visível. O oculto são os segredos. Eu tenho segredos, como todo mundo; não sei se os meus são mais graves do que outros, mas tomo todo tipo de precaução para que não venham à luz. É natural que cada um ache seus assuntos importantes: o meu é uma amplificação natural. Tratando-se de um personagem tomado em meio à representação da peça dramática a que pertence, no centro mesmo da intriga, a amplificação atinge alturas atordoantes. A vertigem da ação impede o menor distanciamento.

Pois bem, se meu segredo mais bem guardado é o que fiz no passado, talvez o segredo se esteja revelando por conta própria, nos fatos, já que, segundo a boa lógica, o resultado do que aconteceu deveria ser o atual estado de coisas. Mas quem pretender me desmascarar valendo-se do clássico "pelos frutos os conhecereis" dará com os burros n'água, porque o que quero ocultar é justamente o fato de que, no meu caso, o processo se deu ao contrário: os frutos ficaram no passado, e ninguém poderia deduzi-los contemplando a flor aberta no presente. Essa curiosa aberração pode resultar da natureza de minha ação original, que consistiu em uma separação, em um "tomar distância" em relação a minha própria pessoa. Pensei estar gravemente doente (não entrarei em detalhes) e cometi a infâmia de abandonar minha mulher e meus filhos pequenos... Passaram-se os anos, mudei de personalidade, vivi. Realizei o sonho de viver. Quando era jovem, eu não sabia nada da vida, e depois também não; nunca soube. O máximo que consegui foi saber que existia a vida, e o amor, e a aventura: que existia algo além de livros. E como sempre fui um otimista, e sempre tive fé em minha inteligência, cheguei à alarmante conclusão de que eu também podia chegar a saber o que era a vida, e como vivê-la.

Não busco pretextos, mas pelo menos posso me explicar. Meu problema foi a ambição desmedida. Eu queria tudo, isto é, as duas coisas: a inteligência e a vida. Todos os outros se lançavam a viver sem mais, quando se apresentava a oportunidade. Brutais, equivocados, criminosos... Mas com a mera iniciativa de viver provocavam a transmutação de seus vícios e acabavam sendo felizes, enquanto eu queria esgotar a inteligência, e chegar à felicidade pelo outro lado. Enfim... Não culpo ninguém.

Então, antes que fosse tarde, em desespero, rompi com meu passado. Quando se abrem as cortinas, eu sou o duplo de quem fui, sou meu próprio sósia, meu outro. Passaram-se vinte anos, e continuo no mesmo ponto (não posso enganar a mim mesmo), ainda que seja outro, meu próprio outro. Estudei computação, e o mesmo brilho intelectual que antes dedicara à literatura apliquei na política, na traição, e agora acontece que sou um agente duplo, infiltrado tanto no Alto Comando das Forças de Ocupação da Argentina como na Coordenação Secreta da Resistência. A ação tem lugar nos salões palacianos da chácara de Olivos, por volta da meia-noite, durante uma recepção em homenagem aos embaixadores de Atlantis. Estou de *smoking*, elegantíssimo, frio, competente, hipócrita como sempre. O mais assombroso é que não envelheci, os espelhos me devolvem a imagem de quem eu era aos trinta anos, mas eu sei que a velhice está a um passo, emboscada atrás de uma porta. Sempre pensei que meu ar juvenil (que já aos trinta anos chamava a atenção) é um sintoma de minha falta de vida. Não passa de uma suspensão da pena, mas até quando? O processo biológico segue seu curso implacável, mas se, depois de uma mudança de nome, de personalidade, de ocupação, a suspensão ainda persiste, não sei realmente o que deveria fazer.

Sou um galã, a suprema flor humana aberta no presente, no teatro do mundo. "Por meus frutos" não deveriam poder me conhecer, porque os deixei em outra vida. Mas eis que os frutos voltam, do modo mais inesperado. Voltam esta noite, neste momento, tão pontuais que só isso já parece bastante inacreditável; mas é a lei do teatro do mundo. Se o homem vive feliz e tranqüilo com sua família durante décadas, e um dia entra em sua casa um psicopata que os faz reféns, os violenta, os mata, em que dia deverá se ambientar o filme que conte a história? No dia anterior?

A recepção tem uma convidada extra, para mim, a mais surpreendente: Liliana, minha mulher (ou deveria dizer: minha ex-mulher, a mulher daquele que fui). Claro que ela ignora que estou aqui, que sou uma eminência parda do Alto Comando; todos me dão por morto, por desaparecido; eu, por meu lado, nada soube dela ao longo destes vinte anos, tão radical foi minha ruptura com o passado; poderia estar morta e enterrada; mas não: está viva, e está aqui... Eu a vi por acaso, de longe, no salão dourado; ela não me viu. Mandei um secretário investigar e, enquanto isso, passei a outros salões deste palácio labiríntico; não me faltaram pretextos para fazê-lo, pois durante o "tempo real" da recepção celebram-se as reuniões a portas fechadas. A situação é incendiária, prenunciam-se mudanças iminentes, reina um considerável nervosismo.

Liliana introduziu-se no palácio para falar com os embaixadores de Atlantis; não terá outra oportunidade, porque eles passarão apenas algumas horas no país, vieram para assinar a concessão de um empréstimo-ponte e partirão à meia-noite: da festa irão direto para o aeroporto nas limusines cujos motores já estão ligados. A intenção de Liliana é pedir pelo aparecimento com vida de seu filho, que foi preso (só agora sei disso). O filho dela é meu também, Tomasito, meu primogênito, que vi pela última vez ainda bebê, quando fui embora de casa, e de quem nem me lembrava. Um simples cálculo me indica que ele já deve ter vinte e dois anos. Mmm... Quer dizer, então, que virou opositor, entrou na Resistência, e o pegaram. Se ele se meteu em política, e nesses termos, sem dúvida foi por influência da mãe; agora me lembro do quanto Liliana odiava Menem, Neustadt, Cavallo, Zulemita... Deduzo também como ela conseguiu entrar na chácara esta noite: o Comando da Resistência, ao qual pertenço, deve ter facilitado a ela o convite; eu mesmo cuidei de que recebessem alguns, como sempre faço nos atos oficiais, caso queiram infiltrar-se para colocar uma bomba ou seqüestrar alguém. Mas, conhecendo-a, sei que não deve ter vindo sozinha; é tão incapacitada para a ação que nem sequer no transe de lutar pela vida do filho poderia prescindir de ajuda. De fato, descubro que está acompanhada de um advogado da Anistia Internacional, que, além disso (isto só eu sei), é membro proeminente do Comitê Supremo da Resistência.

Mas há algo mais, algo que desafia toda imaginação e que descubro escutando certas conversas oculto atrás de portas e cortinas: Liliana enlouqueceu. O mais lógico seria que sua razão não tivesse resistido à angústia de ter um filho desaparecido e ter de enfrentar a situação sozinha... Mas suspeito que a realidade é menos lógica: que ela está louca há muito tempo, que perdeu a razão, de repente ou aos poucos e imperceptivelmente, desde que a abandonei. O que me leva a pensar isso é a manifestação mais palpável de sua demência, que posso captar de meu esconderijo: está dizendo que, para fazer essas gestões, veio acompanhada de seu advogado... e de seu marido! Teria se casado de novo? Não, porque ela cita meu nome e sobrenome: César Aira, o famoso escritor (exagero dela). Diz que me demorei no salão conversando com alguém, que devo reunir-me a ela logo mais... Está louca, alucina, coitadinha. Na mesma hora tomo uma decisão temerária: tornar sua ilusão real, reassumir minha velha personalidade e apresentar-me ao lado dela junto aos embaixadores... Isso não é apenas um gesto piedoso mas tem um fim muito prático: eu sei o que dizer, exatamente, para fazer com que os embaixadores de Atlantis tomem uma atitude, pressionem as forças de ocupação para que Tomasito apareça; sem mim, a gestão está fadada ao fracasso. E posso muito bem fazê-lo, pois, embora tenha abandonado e renegado minha família, ele continua sendo meu filho, sangue do meu sangue...

Tenho um quarto na chácara de Olivos, que uso quando tenho de pernoitar aqui nos momentos de crise, que são muitos, quando precisam de meus serviços em tempo integral. Corro até lá e me troco, escolho roupa esporte, a mais adequada àquele que recordo como meu estilo na vida anterior; despenteio o cabelo, coloco óculos e pronto! Entro em cena: boa noite, desculpem a demora, sou César Aira, o pai do desaparecido. A louca me aceita com naturalidade, afinal, está louca, vinte anos de ausência não significam nada para sua mente perturbada. Mas nem tanto: em um aparte, ela me recrimina por não ter trocado de malha... Você tem outras, essa aí está toda suja... Vão pensar que sou uma desleixada... Você poderia ter colocado a outra calça, que estava passada... Ela não mudou nada! Todo meu casamento volta em ondas, o casamento é uma soma de pequenos detalhes, qualquer um representa todos os demais.

As coisas não são tão fáceis assim. No meio da exposição, tenho de me esgueirar alegando um pretexto qualquer, vestir o *smoking*, pentear o cabelo, reunir-me às altas autoridades ocupantes que me solicitam para discutir questões da maior urgência: para essa mesma noite prevê-se a explosão das tensões internas do Alto Comando, o que na verdade será um autogolpe (oferecem-me a Presidência do Banco Central), com fuzilamentos e matanças entre eles, tudo oculto da opinião pública.

Em uma sala intermediária (tudo está acontecendo muito rápido) volto a ser "o escritor" César Aira, ao lado de Liliana... E depois volto novamente ao *smoking*... Tudo é um entra-e-sai muito de *vaudeville*, complicado ainda mais por uma missão que me imponho: transmitir ao advogado da Anistia Internacional a notícia do autogolpe, junto com as instruções de um plano que acabo de conceber para que a Resistência aproveite essa convulsão intestina e levante o povo no exato momento em que as Forças de Ocupação estarão virtualmente acéfalas. Tem de ser nesta mesma noite... O golpe palaciano se dará confiando na rapidez e no sigilo; calculam fazer tudo em poucas horas, antes do amanhecer (aproveitaram a tão propalada visita dos embaixadores de Atlantis, e esta recepção, como fachada para reunir todos os conjurados e suas vítimas sem levantar suspeitas), jamais pensarão que a Resistência pode descobrir o plano já em curso e agir como um relâmpago... E assim o fará! Mas só o fará se eu conseguir falar com o suposto advogado, que eu sei que é membro do Comitê de Direção dos Resistentes... Nas movimentações anteriores, dei um jeito de mantê-lo ocupado para que não fosse surpreendido pelo aparecimento inopinado de "César Aira". Agora, em minha outra faceta, de *smoking* e brilhantina, eu o chamo à parte... Tem de ser "muito" à parte. Se bem que, eu sei disso melhor do que ninguém, "as paredes têm ouvidos", sobretudo aqui, mas também sei que há muitas salinhas e escritórios aonde posso levá-lo para fazer a revelação... Eu mesmo coordenei a instalação dos microfones, sei onde estão e como entrar nos "cones de silêncio"... Mas, mesmo assim, assalta-me a suspeita, completamente irracional em minha nova personalidade de tecnocrata, de que nos ouvem... Sinto como se de repente faltasse a quarta parede, e houvesse gente sentada na escuridão, muito atenta a tudo aquilo que eu possa dizer. É a típica fantasia que teria ocorrido ao escritor que fui, resisto a aceitá-la, mas não me atrevo a descartá-la por completo; há muitas coisas em jogo. Portanto digo para o advogado: "Não, espere um momento, aqui não posso falar, vamos para o escritório ao lado..." Mas quando estamos ali é a mesma coisa, e, se voltamos a mudar de sala, a suspeita vem conosco. O gasto com cenários inúteis é descomunal; só se justificaria com um público recorde, mas aí se cria um círculo vicioso, pois, quanto maior o número de espectadores, mais crescerá minha suspeita de estar sendo espionado e mais terei que me deslocar em busca de uma privacidade que continuará a escapar... E, além disso, os minutos passam, sem que a ação avance... É a catástrofe, o fracasso da peça. Não sei como remediá-lo; no fundo, sei que a esta altura não há mais remédio. Meu erro foi esquecer, no entusiasmo da ação, que se trata de uma representação teatral... Melhor dizendo, não "esquecer" e sim "ignorar", porque não posso saber disso nem nunca ter sabido, já que para mim, enquanto personagem, tudo isso é realidade. Devo esclarecer que esta cena abortada por meus infinitos diferimentos-deslocamentos era fundamental, pois até agora os espectadores (já não sei se hipotéticos ou reais) não tinham como saber por que um mesmo ator estava representando dois personagens tão díspares, e a conversa com o advogado fora pensada como uma grande revelação, e como a explicação geral da intriga.

Tudo cai por terra... Não se perde grande coisa, porque a peça é ridícula, rocambolesca, baseada em recursos fáceis. Talvez a idéia mesma não valesse a pena, e o desenvolvimento tenha sido defeituoso. Enquanto fui escritor, pensei que era um dos bons, mas nada o confirmou na realidade, nem o sucesso, nem minha satisfação pessoal. Essa meia dúzia de admiradores que sempre me apareciam nada confirmavam. Pensei que a morte seria uma solução, um corte do nó górdio, mas desde meu desaparecimento, já faz vinte anos, as coisas continuaram exatamente como antes: um punhado de leitores, sempre nas universidades, escrevendo teses sobre mim, e mais nada. Eles parecem interessados, e até entusiasmados, mas não são um público. O público teria feito de mim um homem rico, e não teria precisado perder-me em fantasias. Da maneira como as coisas se deram, persiste a dúvida, mantém-se o suspense, e já não haverá um desenlace. Entre minha vida e minha morte de escritor se estabelece a mesma suspeita que me paralisa e me impede de falar na alternância de espaços virtuais e reais do teatro.

3 de julho de 1995

DIÁRIO DE UM DEMÔNIO

Em algum momento do futuro poderei dizer: "Um dia cansei de ser bom, e comecei a ser mau". Esse dia é hoje. Hoje deixo de ser bom, hoje começo minha nova vida. Dou um giro completo e começo de novo. Deixo de ser quem sempre fui. Chega! Cansei de me comportar bem. A partir de hoje (incluindo hoje), sou mau. É incrível a energia que estas palavras carregam: rasgam o papel, queimam minhas mãos e meus olhos. São energia pura, um raio que atravessa meu pequeno mundo queimando tudo e abrindo um buraco em vermelho vivo.

O título que dei a este texto pode induzir ao erro, que tratarei logo de esclarecer. Não estou escrevendo um diário, nem isto é um fragmento. Ou, melhor dizendo, estou escrevendo um diário, sim, mas é apenas isto. Hoje o começo e hoje o termino. É o diário de um único dia, e não poderia ser diferente: hoje fica dito o que será o resto de minha vida, e bastam-me umas poucas linhas para dizer tudo o que minha vida foi até aqui.

Não é minha intenção "chorar o leite derramado", mas quantos anos perdidos! Toda minha vida, até o dia de hoje: toda uma vida de pré-história. Levei 46 anos para me convencer. E, de repente, em um único dia, num instante do tempo, ver a verdade inteira e transparente, e encará-la em um único gesto, transforma-me diante de meus olhos atônitos. É um dia histórico. Registro-o com um estremecimento que pode malograr minha prosa, mas pouco me importa! Já escrevi bastante, e isso fica para trás, junto com todo o resto. De agora em diante só posso escrever em nome do Mal. É uma expressão, uma confirmação, uma revelação; é uma atitude nova e automática, sem reverso, sem fundo. Somente no Mal o ato de escrever ganha sentido.

Para além das ilusões do discurso, na intimidade sincera consigo mesmo, cada qual tem de fundamentar todas suas razões da ação no mais nu e brutal cálculo de custo-benefício. E, sob essa luz, é evidente, óbvio, que mais vale ser mau do que ser bom. Qualquer um pode verificá-la com quantos exemplos quiser, tomados de sua existência cotidiana, não importam as circunstâncias, idade, sexo, profissão nem condição social. No mau, o menor bem conta; no bom, o menor mal. O mau se salva pelo menor bem; pelo menor mal, o bom é condenado. Não importa quanto tempo se mantenha na atitude habitual, boa ou má: na hora do julgamento, ele será feito a partir do mínimo inverso. Com o agravante de que o mal nunca é julgado, porque já foi julgado de antemão e o veredicto caiu no esquecimento consuetudinário; enquanto no processo ao bom o julgamento sempre está suspenso em uma espera venenosa e angustiante.

Tomemos, para efeitos de demonstração, o casamento. O marido bom faz todas as vontades da mulher, cerca-a de comodidades, de cuidados, de gentilezas, a escuta, a compreende, arruma a cama, cozinha, lava a louça, passa a roupa, paga as contas, leva-a de férias, cuida das crianças, troca o courinho das torneiras. Sua mulher vive insatisfeita, queixa-se, pergunta-se por que cometeu o erro de se casar com um homem que não pode amar nem respeitar. E, se não o diz, é em atenção a um senso de justiça que nela pesa como uma condenação, bastando que o infeliz cometa o menor deslize (que quebre um prato enquanto o lava) para que nela rebente toda a amargura reprimida, em uma torrente de injúrias. Para ela, todas as virtudes do marido equivalem a uma manobra de poder, um modo de mantê-la submissa, escravizada a uma cortesia oca e fria, tão deserta de amor como da vida plena que ela sonhou quando menina. Nem sequer pode abandoná-lo, porque toda a culpa recairia sobre ela. De modo que o pobre imbecil, que age movido somente pelo sentido do dever, sufocando seus desejos e impulsos e renunciando a sua liberdade (se o fizesse por prazer, ele seria um doente mental), sacrifica sua vida inutilmente. Conste aqui que não estou falando de uma mulher cruel ou neurótica, mas da mais normal e comum.

O marido mau, em compensação, submete a parceira a todo tipo de maus-tratos e humilhações. Tem amantes, se embriaga, grita-lhe os mais baixos insultos, sai de viagem sob pretextos absurdos, gasta todo seu salário no jogo, mais o que consegue pegar do dela, enoja-se descaradamente de sua comida, faz dívidas, deixa a casa ao deus-dará. E a mulher não se queixa; de que adiantaria? Já esgotou suas lágrimas, e, além do mais, ele não lhe permite: não lhe presta atenção, ou, quando presta, é para gritar com ela, e até poderia acertar-lhe um sopapo. Ela o ama (por isso se casou), e o respeita, porque ele a faz viver intensamente o drama do casamento e da vida em geral. E ele por seu lado desfruta de todos os privilégios da existência, pode levar seu destino ao extremo.

Claro que esses casos extremos não se dão na realidade; nos fatos, o bom está sempre fraquejando em sua bondade, e vive sob o peso do fracasso; ao passo que o mau faz quase todos os dias um gesto louvável; basta-lhe um mínimo gesto para brilhar como o sol, por contraste, e todos o adorarem. Perto do vazio do outro, o mau constrói uma realidade doce e simpática, que deixa sua marca no mundo e valerá a pena lembrar anos mais tarde.

De onde se deduz a evidentíssima superioridade do Mal sobre o Bem. Enquanto este nos junge ao jugo da necessidade teórica, aquele nos libera para os benefícios da prática. O Mal permite que a vida continue, deprecia as supostas hierarquias de importância, dá a medida exata da banalidade necessária para que o homem percorra seu caminho no mundo.

Os exemplos aqui sobrariam; eu poderia fazer com eles muitos sainetes fáceis, coisa que detesto. Mas, ao mesmo tempo, não me é fácil "fugir" disso. Porque percebo que toda fuga leva ao pensamento, ao tipo de teorias contraditórias que me fizeram ser o que fui até hoje. E de repente é preciso, é da maior urgência, fazer uma conversão completa; não é tanto o fato de ser "completa" o que me preocupa, mas que seja "a partir de hoje", ou melhor, "em" hoje, dentro deste dia abismal com que topei no meio da minha vida. Começar a ser mau equivale a entrar, nem mais, nem menos, por fim, na realidade. E isso não é tão fácil assim. A realidade, como um conceito fino visto de perfil, é escorregadia e furta-se ao esforço de quem nela quer se introduzir. A experiência me indica que ela nunca pode ser penetrada.

10 de julho de 1995

O que se segue pretende ilustrar o mecanismo mediante o qual o cinema cria a ilusão narrativa. Isto é, a montagem. Na realidade, não é necessário evangelizar sobre esse ponto, porque todo mundo, até as crianças, sabe mais ou menos como os filmes são feitos. Já não restam cinéfilos adâmicos, e talvez nunca tenham existido. Mas todo mundo se esquece disso. Há verdades que se negam a sair da região especulativa da mente e integrarem-se à intelecção prática do mundo. Aquela que diz que "um filme é rodado em fragmentos breves na ordem mais conveniente para a produção, e a história é depois montada com eles" é uma dessas verdades, e meu propósito é demonstrar que não é "mais uma", mas o modelo a partir do qual se conformam todas as demais. A título de introdução, gostaria de fazer 1º) uma breve caracterização desse tipo de verdade que todos entendem e ninguém aplica e 2º) uma sucinta descrição, por via das dúvidas, da técnica da montagem.

1º) pode-se dizer que a mente é feita na medida daquilo que pode entender, e o perímetro de tudo aquilo que ela entende lhe dá sua forma. Mas a mente que entende é apenas uma das que temos. A outra é a que usamos nas transações com a realidade; esta usa esporadicamente, e com radicais adaptações, o conteúdo da primeira. E, no entanto, a mente é uma só. Daí a inadequação que nos aflige, e o fracasso de quase todas as nossas empreitadas.

2º) um filme é uma obra coletiva em que trabalha muita gente, e na qual são utilizados custosos aparelhos e instalações, o que obriga a uma racionalização dos recursos. Se é preciso pedir permissão para filmar em um palácio de governo ou em uma catedral, e deslocar técnicos, câmeras, luzes, figurinos, atores, aproveita-se para filmar nessa ocasião todas as cenas que se passam ali, mesmo que depois venham a ficar uma no começo do filme, outras no final. Se dois personagens conversam por telefone, um no aeroporto Charles de Gaulle e outro em um escritório com vista para o Hudson, e as tomadas (digamos que sejam dez) se alternam com cada réplica, nenhum produtor pensaria em ir dez vezes de Nova Iorque a Paris para filmá-las na ordem: filmam todas as de um personagem juntas, todas as do outro juntas, depois as recortam e as colam alternadas. E note-se que fazem isso não apenas por economia, mas em benefício do realismo, por mais paradoxal que isso pareça. Porque, para cada um dos personagens, a conversa ao telefone acontece no mesmo lapso de uns poucos segundos; se a filmassem indo e vindo, em sua ordem consecutiva, necessariamente se passariam alguns dias entre uma tomada e outra, e seria preciso reconstruir o figurino, a maquiagem, a luz e o entorno (no caso do aeroporto, seria particularmente difícil). De fato, a montagem é uma solução tão inerente ao cinema que é difícil acreditar que tenha existido cinema antes que existisse a montagem. A invenção é atribuída a David W. Griffith (1875-1948), que a implementou em seu filme *O nascimento de uma nação* (1915), uma defesa da Ku Klux Klan; mais uma vez, aqui se confirma o *continuum* forma-conteúdo: a convivência entre brancos e negros em uma mesma nação exigia a invenção de um dispositivo mediante o qual fosse possível captá-los por separado e depois fazê-los interagir em um mesmo relato. De modo que, se a montagem já "estava ali", implícita na natureza mesma do cinema desde sua invenção vinte anos atrás, foi necessária uma poderosa motivação social (o preconceito racial) para trazê-la à luz.

Por mais razoável que seja esse método, também é razoável pensar que fica uma margem de mistério, como em todo quebra-cabeça montado a partir de peças soltas. Se falar em mistério parece exagerado, ao menos poderíamos falar em imprevisto ou acaso. O resultado é algo mais que a reunião das partes.

Mas eu diria que realmente é misterioso, não apenas imprevisível. Isso daria conta de outro mistério que ocupou nossa perplexidade durante muito tempo: por que o cinema argentino vem sendo consistentemente ruim há tantos anos, incólume às boas intenções, ao trabalho, ao talento, às boas idéias, que fatalmente teriam de ocorrer de vez em quando, se mais não fosse, por obra de uma benevolência distraída da lei das probabilidades? Isso é um mistério, ou seja, algo que não se explica senão por meio de outro mistério. Se a montagem é o mistério central do cinema, talvez ela dê conta do mistério que assombra o cinema nacional.

Prova de que a questão da qualidade do cinema nacional tem sido um problema em muitos países é a própria tentativa de superá-lo recorrendo ao supranacional, tanto no conteúdo como na forma da produção (isto recebe o nome "co-produção", em que participam estúdios ou produtores de vários países). A superprodução bíblica é o caso clássico que inclui os dois expedientes. A *Bíblia* e suas interessantes histórias estão acima de qualquer relato nacional, supõe-se que são conhecidas por todo o mundo, e a ninguém choca o fato de seus personagens serem encarnados por atores de qualquer origem: ao contrário, todos são bem-vindos nesse tronco miticamente comum da humanidade.

Vou contar o que aconteceu com uma superprodução bíblica, a única que se tentou no nosso país, há muitos anos — mas nem tantos: já então a maldição do cinema nacional estava em curso, e bem assentada. O episódio escolhido foi o de Sansão, talvez para evitar riscos. Participaram capitais e talentos norte-americanos, alemães, franceses, japoneses, com a infra-estrutura argentina. Nossa principal contribuição, devo dizer, era a grotesca desvalorização da nossa moeda, que multiplicava por dez, magicamente, o investimento dos produtores. Apoiada na força desse fato, mais a exigüidade dos salários e cachês de extras e pessoal local em relação aos preços internacionais, a participação nacional pôde impor nada menos que o protagonista e o diretor. E então nosso patriotismo, sempre a ponto de arder como um monte de palha seca, não precisou de mais nada para ver no produto um filme argentino de fato e de direito, e nasceu a certeza coletiva de que desta vez se romperia a maldição do cinema nacional.

O ator em que recaiu a responsabilidade de encarnar o herói de Israel foi um jovem astro de telenovelas, com grande projeção ante o público hispano-americano. Um rapaz "bonito", fracote e afeminado, com feições de menina e voz aguda, o menos apropriado que se poderia imaginar para o forçudo guerreiro das Escrituras, mas isso não preocupava a ninguém. Ele era famoso, popular, as garotas suspiravam por ele, e isso bastava. Se tivessem parado para pensar na inadequação do *physique du rol*, teriam confiado na magia do cinema, na qual só contam as proporções, não os tamanhos absolutos. E, por outro lado, uma escolha improvável não fazia mais do que enriquecer a história. De fato, segundo o pouco que todos sabiam dessa história em particular, Lolito (esse era o nome dele) era o homem certo, porque sua característica mais popular, dentro de sua imensa popularidade entre as adolescentes, era sua longuíssima cabeleira, até a cintura. Como costuma acontecer no cinema, ficção e realidade se entremeavam: o cabelo que dera força ao personagem também a dera ao ator; num caso, nas batalhas da fé; no outro, nas dos níveis de audiência e das capas de revistas.

O fato de que fosse um rosto bonito sem cérebro também não preocupou ninguém, muito menos os afeitos à máquina do cinema, porque já se sabe que o ator é apenas um instrumento nas mãos do diretor. Como veremos, nesse caso eles estavam enganados. A inteligência sempre importa, sua presença ou ausência sempre altera o curso dos fatos, se não em um nível (a ficção), em outro (a realidade).

Pois bem, começaram as filmagens, e foi como um anticlímax depois do imenso alvoroço publicitário que as precedera. O trabalho se realizava a portas fechadas, em grandes estúdios nos arredores de Buenos Aires e em paisagens desérticas cuidadosamente escolhidas nas províncias de La Rioja e San Juan. Previam-se cerca de sessenta dias de trabalho, e o cronograma foi cumprido sem grandes alterações.

Como é natural, esse lapso tirou o assunto das manchetes, deixando seu lugar no interesse do público para outras questões. O que era lógico e até conveniente: o segundo, porque com isso se evitava a saturação, recuando-se um passo para depois projetar-se com mais impulso para o foco mais intenso da atenção. O primeiro, porque sempre se requer uma etapa de trabalho, ao qual são inerentes o retiro e o silêncio, para produzir algum resultado que se possa apresentar ao público com todo o barulho necessário. Mas esses argumentos, por mais convincentes que fossem, não convenciam o jovem galã. Ele não estava acostumado, e não podia aceitar essa situação. As condições em que se desenvolve a carreira de um astro nascido na televisão fazem que, por mais estranho que pareça, sua exposição pública nunca seja interrompida por lapsos de trabalho. Por isso Lolito havia desenvolvido um hábito de popularidade sem tréguas, uma dependência das manchetes dos jornais e das capas das revistas. E, mesmo com toda a excitação de ser o protagonista de uma superprodução internacional, dois meses de "ausência" eram demais para ele. Agüentou durante quase um mês, enquanto se extinguiam os ecos da campanha publicitária pré-rodagem e era distraído pelas exaustivas jornadas no estúdio e pelos jantares com os produtores e as estrelas estrangeiras. Mas no trigésimo dia não pôde mais.

Seus assessores se reuniram para avaliar algumas alternativas de bomba publicitária de emergência; Lolito preferia que fosse um romance fulminante com a *top model* que viera ao país para fazer o papel de Dalila, uma linda nigeriana quarenta centímetros mais alta que ele. Mas ela era casada e, além de mal ter reparado em Lolito, era famosa e bem paga demais para prestar-se a uma farsa que só lhe traria inconvenientes. Por isso optaram por algo muito mais inofensivo e que, de resto, já estava em seus planos. Na verdade, desde que lhe deram o papel, e por menos que suas fãs adolescentes soubessem da história de Sansão, a questão do corte de cabelo estava no horizonte. A longuíssima melena do astro fora emblemática de sua pessoa desde o começo de sua carreira, e ele nunca a cortara nem um centímetro sequer. É fácil imaginar a quantidade de especulações e piadas fáceis que circularam quando se anunciou que ele encarnaria Sansão. Foi por meio desses comentários que ele soube desse detalhe do argumento (não pudera ler o roteiro porque estava em inglês) e o tomou como mais um desafio. Disseram-lhe que não precisaria cortar o cabelo se não quisesse, pois poderia usar uma careca postiça, mas ele deixou latente a possibilidade de raspar a cabeça: a mudança de imagem de uma celebridade é uma ferramenta de trabalho como outra qualquer; deve-se apenas calcular o momento oportuno, e este podia ser o ideal, pois dava à mudança de imagem o marco de uma história que lhe conferia verossimilhança. E ao mesmo tempo a eximia da acusação de frivolidade, pois podia passar por sacrifício em nome do profissionalismo.

Por isso não houve muita discussão: seriam as tesouras. A logística do evento ocupou a equipe inteira durante as 24 horas seguintes, para que fosse levado a termo nas primeiras horas do terceiro dia. Alugaram o salão de festas de um grande hotel, e convidaram toda a imprensa para um café da manhã.

A tarefa foi executada por um cabeleireiro estrela, graciosamente (bastava-lhe a publicidade). À luz dos refletores da televisão e dos constantes flashes, a cabeleira caiu. Em uma cerimônia complementar, as madeixas foram colocadas em vários envelopes de papel branco que, devidamente autografados, foram entregues às presidentes dos diversos fãs-clubes do astro. Este, por seu lado, enfrentou sorridente as câmeras com sua nova aparência: careca, irreconhecível. As admiradoras presentes soltaram gritos agudíssimos, que elas mesmas interpretaram como uma renovação de sua fidelidade. No mais, diziam "tudo é questão de se acostumar".

O que é uma grande verdade. Qualquer que seja a transformação sofrida por uma pessoa, basta a passagem do tempo, e vê-la atuar, para recuperá-la inteiramente, tanto que sua fisionomia anterior é sepultada em um nível mais profundo que o do esquecimento. É o grande poder do hábito, escultor da percepção e príncipe da vida.

A jogada foi um sucesso. Todas as revistas de fofoca (e, no fundo, que revista não o é?), bem como os noticiários de TV, dedicaram-lhe um espaço preponderante, e a imprensa séria não deixou passar a chance de fazer alguns comentários sarcásticos que, no final das contas, iam na mesma direção. As rodagens, que essa pitoresca nota à margem não interrompeu nem por uma hora, seguiram a todo vapor.

Pois bem, no que ninguém parou para pensar foi que o filme não estava sendo rodado na ordem da história no roteiro (ou na *Bíblia*). Ao contrário: por ser uma produção tão complicada, com tantos figurantes e cenários tão grandiosos, com tantos efeitos especiais e tantas estrelas internacionais com agendas lotadas, a seqüência das filmagens estava particularmente atomizada e caprichosamente reagrupada. Assim, nesse segundo mês, faltava rodar tantas cenas do Sansão com cabelo como do Sansão sem cabelo, e em todas elas Lolito apareceu careca. Não se sabe como pôde acontecer tamanha distração. Talvez porque, a essa altura, o grosso do pessoal especializado da produção já havia deixado o país para trabalhar em outros projetos.

Seja como for, terminadas as filmagens, desmontados os estúdios e dispersos pelo mundo atores e técnicos, quando o diretor se preparava para encarar a montagem, passando os copiões na moviola, ele se deu conta do que tinha acontecido. Se um prédio de nove andares tivesse desabado em cima dele não teria se sentido mais esmagado. A catástrofe tinha proporções aniquiladoras. Tentou racionalizar o problema, mas não havia como. Talvez pudesse ter obtido uma explicação: estivera com a cabeça ocupada com tantas coisas, respondera com tanto empenho ao imperativo de cuidar dos mínimos detalhes, que deixara escapar um "detalhe" descomunal. Por atentar para o pequeno, descuidara do grande. Podia acontecer. Tinha acontecido outras vezes. Mas uma explicação não resolvia nada.

Há aqui uma lacuna. Não sabemos o que aconteceu na cabeça dele, nem nos fatos. Mas podemos reconstruí-lo a partir dos resultados. Esse diretor desapareceu do negócio cinematográfico; seu nome já não se escuta, e poucos se lembram dele. Nem sequer sabemos se está vivo. Não deixou livros nem entrevistas em que contasse o episódio (ao menos que se tenham publicado). Por isso não podemos nem começar a descrever seus processos mentais na ordem em que ocorreram. Dessas coisas nunca fica uma documentação confiável: nesse caso não existe nem sequer uma ficção. Mas, como eu já disse, está o resultado para o qual ele há de ter dedicado todo seu empenho, isto é: o filme. E aí está tudo. Quero dizer, a obra de arte nua, tal como enfrenta a posteridade, incorpora todo o processo, incluído o psicológico, mediante o qual ela veio a ser. Todo mundo está de acordo nesse ponto, mas sempre dando como certo que a obra em questão é boa e que vale a pena deduzir sua origem. Aqui, a obra revelou-se um engendro. Um filme ruim, mais um! A maldição que pairava sobre o cinema nacional teve uma confirmação adicional, e todos se deram conta de que, na verdade e no fundo, não esperavam outra coisa.

A informação do desastre vazou para a imprensa quase ao mesmo tempo em que foi descoberta. O público argentino, depois de dar umas boas risadas, soube ao que se ater e esqueceu o assunto. (De fato, quando o filme estreou, meses mais tarde, quase ninguém foi vê-lo.) Mas estava o outro público, o não-argentino; e, acima de tudo, estavam os capitalistas que haviam entrado com o dinheiro. Foi pensando neles que nosso herói deve ter encarado o trabalho.

Mas estou me adiantando à "reconstrução". A partir do produto (o abacaxi) tal como ficou, podemos supor que havia duas alternativas: 1) montar as peças de acordo com o plano preestabelecido, isto é, o roteiro, a história, em última instância, a *Bíblia*, como se nada tivesse acontecido, e montar um completo absurdo; ou 2) incorporar os novos dados a fim de manter a verossimilhança, sob o risco de montar uma história completamente diferente.

Tratarei de me explicar. O que dava superpoderes a Sansão era o cabelo. Com cabelo, ele podia decapitar sete filisteus de uma machadada, com um sorriso de desdém nos lábios. E no filme ele fazia isso; mas, como essa seqüência tinha sido rodada no segundo mês de filmagens, Sansão (ou seja, Lolito) aparecia careca. Por outro lado: sem cabelo, o herói era forçado a realizar humilhantes artesanatos femininos; e lá estava, em sua lata, a respectiva seqüência, mas nela Sansão-Lolito exibia o cabelo até a cintura. Assim, se a montagem seguisse a primeira alternativa, a de adaptar-se ao roteiro original, ignorando o cabelo, os efeitos careceriam de causa. O que, pensando bem, não seria tão grave assim; esse temor pressupõe a atenção do público, e a experiência mostra que ninguém presta atenção em nada. Essa incongruência do cabelo poderia ser notada por um em cada cem espectadores, que é a proporção de pessoas medianamente observadoras. Os outros noventa e nove, quando o centésimo lhes chamasse a atenção, diriam: "Cabelo? Que cabelo?". Na verdade, só veriam o que tivessem ido ver, o que estava no "programa", ou seja, o que já sabiam. Mas o problema estava justamente aí: em que esses poucos observadores, no empenho de exibir sua rara capacidade, fizessem tanto barulho que a questão do cabelo se tornasse parte do programa, ou se tornasse "o" programa, o que faria do filme e de seus responsáveis motivo de piada no mundo inteiro.

A segunda alternativa nascia da negação da primeira; de fato, era um recurso heróico contra ela. Partia da convicção de que devia existir uma história sem incongruências que pudesse ser construída com o material filmado. Por exemplo, se todo o problema se restringisse às duas cenas citadas acima (Sansão careca vencendo os inimigos na batalha, Sansão cabeludo fazendo crochê) bastaria postular uma história em que o crescimento do cabelo debilitasse em vez de vigorizar. Claro que não era tão fácil, pois havia tantas cenas de Sansão vitorioso sem cabelo como com cabelo, e a mesma coisa com as outras. Mas, mesmo assim, podia ser feito, ninguém podia negar. E foi feito. Após várias semanas de trabalho de louco, o diretor conseguiu montar um filme em que tudo se encadeava logicamente no tocante ao cabelo do protagonista. Esqueceu tudo aquilo que sabia e queria. Começou colocando na metade a cena-clímax em que Dalila corta o cabelo de Sansão adormecido, e foi inflexível em pôr *antes* as tomadas em que ele tinha cabelo e *depois* as tomadas em que não tinha. Dos dois lados havia de tudo. E estavam, ainda, as cenas em que Lolito não aparecia, das quais se podia dispor à vontade. Com esse material e essas restrições, teve de criar uma história.

Evidentemente, não lhe ocorreu uma solução bastante simples e factível, que teria sido estender ou duplicar a mesma história, primeiro em um sentido e depois no inverso, primeiro como é contada na *Bíblia*, com o cabelo dando vigor a Sansão e o corte debilitando-o, e, finda a aventura, sem hecatombe, repeti-la ao contrário, com o cabelo debilitando-o. O material de que dispunha apontava quase que naturalmente para essa solução, mas talvez (e aqui ele já apontava para a direção que por fim tomou) tenha achado que era fácil ou mecânica demais, indigna de um artista de verdade. Claro que ele não era um artista; sempre fora um artesão de filmes ruins, bem na tradição do cinema nacional. O que fez, então, foi tão heróico quanto inesperado. Optou pelo caminho difícil de fazer uma história radicalmente nova. E sem dúvida deve ter sido difícil, pois para realizá-lo era necessário ao mesmo tempo uma grande imaginação e um grande controle sobre os vôos da imaginação, já que as imagens com que devia fazê-la estavam dadas de antemão.

Como era de se esperar, o argumento do filme resultante não se parecia em nada ao inicial, a partir do qual fora filmado. Isso por si só não teria sido tão grave, pois é o que sempre acontece na indústria cinematográfica. Já o dissemos: as necessidades práticas fazem com que a história se atomize em suas cédulas visuais, e, quando estas são reordenadas na montagem, a história que surge tem uma relação mais ou menos precária com a original. Mas nesse caso o desvio foi completo, e não respondia nem sequer às intenções iniciais. A qualidade estética do produto final poderia ter sido grande ou pequena. Foi nula, e talvez se deva procurar o motivo onde o encontraram, sem pensar muito, automaticamente, seus poucos espectadores: na "maldição" do cinema nacional. Um trabalho equivalente ao que esse diretor realizou seria remontar as tomadas de um filme ruim a fim de compor um filme bom. Não foi seu caso: ele anulou a questão da qualidade para concentrar-se na verossimilhança. Mas não seria esse o modo mais sensato de tratar o elemento "qualidade" na arte?

Não sem razão, o descalabro do cinema argentino sempre foi atribuído à falta de bons roteiros. A modesta esperança que alentara essa superprodução baseava-se no fato de que, pelo menos dessa vez, havia uma história sólida, eficaz, testada, uma vez que constava no Livro dos Livros. Mas quis o acaso que um acidente, uma simples intervenção extemporânea do cabeleireiro, obrigasse a alterá-la. Se bem que essa alteração, essa deformação, esse mergulho no acaso, talvez nem tivesse precisado do pretexto do cabeleireiro, e talvez aí estivesse a raiz da maldição. E, ao mesmo tempo, eu vejo na maldição mesma uma tênue luz de esperança. Para fundamentá-la, teria de fazer uma análise minuciosa do filme, ou pelo menos contar seu argumento. Não o farei, por razões de espaço: o mais sucinto resumo ocuparia não menos de cem páginas, tão intrincadas são as voltas e reviravoltas de uma verossimilhança construída. E tenho outra razão para não fazê-lo, ou, melhor dizendo, um complexo de razões, com cuja exposição terminarei.

Existe a possibilidade, tímida, secreta e oculta, de que o filme na realidade seja bom. Ou, melhor dizendo, que tenha criado um novo paradigma a partir do qual há de se julgar o cinema em um futuro distante. Quem sabe? Tudo poderia começar com uma coisa tão frívola como seu resgate em alguma mostra de "cinema bizarro" ou qualquer bobagem do gênero. Agora mesmo, o filme, esses rolos de celulóide piedosamente esquecidos acumulando poeira em algum porão, podem estar transformando o mundo, impondo, muito discretamente, uma transformação total da percepção estética. Nesse caso, este meu artigo poderia ser a antecipação da Boa Nova. E a Boa Nova em si seria o triunfo da arte sobre a mesquinhez mercantil da obra de arte. O triunfo do processo sobre o resultado. E aqui o resultado não pode ser outra coisa senão o fracasso. É necessário um santo mártir para criar um mito original. Por isso não faço o relato da adaptação e acomodação de cada tomada a sua nova história. Porque seria um exemplo a imitar, como qualquer relato, e a Boa Nova não é um exemplo, mas o procedimento em si para criar histórias.

14 de julho de 1995

INTRODUÇÃO E ENSAIO

Introdução

No fim de um dia perdido, um dia de pequenos fracassos, eu ia para minha casa de metrô, voltava a pegar o metrô para voltar para casa... Sem felicidade, sem ter conseguido nada: só perder o dia. Mas também não era tão grave assim. Não tinha acontecido nada de mau, mas, mesmo assim, pesava-me a vaga sensação de que fora inútil sair; se bem que ficar teria sido pior, portanto não valia a pena especular. Estava deprimido, sentia a inutilidade de tudo, principalmente da volta; é verdade que podia resultar apenas do cansaço: às vezes bastam algumas gotas de ácido diluindo-se nos músculos para que venha à luz do pensamento uma melancolia que põe em jogo toda minha iniciativa. Sair, ficar, ir comprar um disco, para quê? Mas a conclusão de que existe uma causa orgânica é um pobre consolo, pois, para aflorar, essa melancolia já devia estar aí, à espera, e é ela que faz o mundo soar oco. De resto, tanto o cansaço de meus músculos, como os giros de meus pensamentos no vazio, como a mecânica da cidade e da sociedade, numa palavra, tudo, responde a pequenos estímulos esparsos e incoerentes, e eram eles que criavam minha difusa sensação de derrota. Como parte desse todo e dessa sobredeterminação, e talvez mais perto do efeito que o cansaço, estava minha comprovada ineficiência para organizar bem minha jornada. Mesmo essa banal e inútil ida ao centro da cidade para comprar um disco poderia ter levado a um estado de espírito um pouco melhor se tivesse sido planejada com mais decisão, ou pelo menos com mais convicção. E, de resto, eu compartilhava essa sensação com toda essa gente que nessa hora pegava o metrô para voltar para casa. Teria bastado ler sua mente...

E justo no instante em que eu estava pensando nisso, quando tinha acabado de me sentar (largando o corpo com um suspiro aparatoso e cara de grande cansaço, como para deixar claro que não tinha a intenção de ceder o lugar para ninguém, mulher ou velho) no único banco vazio no vagão, e levantava os olhos para observar essa humanidade que supunha tão cansada e triste quanto eu — e certamente o estava... —, nesse momento tive uma espécie de pequena iluminação privada que mudou tudo, que deu cor e vida a tudo. Meu estado de espírito mudou: instalou-se de repente nas alturas, onde havia ação, trabalho intelectual fecundo, promessas de felicidade. Não poderia dizer do que se tratava exatamente. Ou, melhor dizendo: tratava-se da Literatura; mas articular em frases e raciocínios lógicos por que a mera idéia da Literatura produzia em mim esse efeito estava além de meu horizonte nessa ocasião; explicá-lo me levaria ao fundo do seio acolhedor da Literatura, e por ora a mera perspectiva externa bastava e sobrava.

Ela, a Rainha do Mundo, minha Rainha pessoal e intransferível. Acompanhada de seu *doppelgänger* com vestido de noiva: a Inspiração. Para sair de meu tédio derrotista eu não precisara olhar nos olhos dos passageiros do vagão, nem imaginar as tramas de sua vida, as transformações a que podiam se prestar; o golpe psíquico teve lugar antes que eu acabasse de erguer a vista, quando ainda estava nos sapatos ou nas pernas. Ela se apressava em vir a meu encontro, alheia a causas e razões.

A Literatura, essa instituição grandiosa e pesadíssima, também podia ser pequena e leve como uma borboleta invisível, também podia ser uma partícula subatômica (mas de marfim, com encantadoras figuras entalhadas) que atravessava a crosta terrestre, e as madeiras e metais, para fincar-se no mais mole de meus miolos... E sua ferida deliciosa foi tão oportuna, veio tão a calhar, como uma introdução bem escrita a um livro denso e difícil, dessas que, uma vez lidas, tornam a leitura do livro praticamente inútil.

Penetrou em mim, e tudo começava. Quem sabe de onde viera. Pouco importava! Ela não precisava nem sequer tomar forma, embora na Literatura a forma seja tudo. Bastava-lhe deixar que em volta do ponto encefálico onde se alojara, como um espinho cravado no pé, se espalhasse seu chá de êxtase. O mesmo velho mundo que um minuto atrás me dizia seu desalentado "para quê?", agora me sussurrava um risonho "você pode".

Assim é Ela; essa é sua generosidade. Dispensa luxos, porque Ela é o luxo de minha vida. É o luxo do mundo, digam o que digam os intelectuais. Afinal de contas, uma transmutação é uma coisa mental. A percepção opera como toque mágico por controle remoto, e a manobra é extremamente discreta, uma questão de átomos; os outros não têm por que perceber nada. E, no entanto, mais cedo ou mais tarde, eles hão de perceber, porque o luxo transforma o mundo.

Entre parênteses, quero fazer uma observação. Já se propuseram tantas utopias, no sentido amplo, realizáveis e irrealizáveis, positivas e negativas, que poderíamos dizer que se esgotaram todas as possibilidades de funcionamento da sociedade. Contudo, ainda resta uma opção que ninguém nunca propôs: uma sociedade em que todos sejam ricos. Todas as demais foram tentadas, mas não essa. Já se imaginaram e descreveram sociedades em que todos são bons, ou maus, ou sábios, ou criminosos, ou loucos, ou santos, ou telepatas, ou artistas, ou *gays*... As escolhas são muitas; cada autor puxou a brasa para sua sardinha, ou se deixou levar por suas fantasias, até as mais loucas e irresponsáveis. Mas, mesmo assim, ninguém ousou dizer: "Todos ricos". Não importa se foram utopias planejadas com fins ideológicos ou hedonistas, como projeção futurológica ou como jogo obrigatório, como alegoria ou como sátira, como calculado desenvolvimento de tendências ou como um delírio surrealista... Nunca foi "todos ricos". Nem foi, nem será: aí a utopia toca seu limite insuperável. E basta pensar que o limite insuperável da utopia é também a realidade, e somar dois mais dois, para suspeitar que nessa utopia impossível e impensável está a ponte, talvez a única ponte, que liga o pensamento ao real.

E embora isso fosse uma digressão, poderia fazê-la confluir com a linha principal desta introdução dizendo que na possibilidade dessa utopia impossível confrontam-se duas concepções de riqueza: a européia e a americana. No velho continente, tudo parece já repetido, a quantidade de bens já estabelecida, e então não se pode conceber o crescimento da propriedade de uns sem a subtração da de outros. Ao passo que na América a riqueza se cria do nada, dos grandes espaços vazios, e alguém pode ficar rico sem tirar nada de ninguém. Essa concepção, essencialmente dinâmica, implica uma idéia de crescimento constante e ilimitado.

A criação artística é a utopia dessa utopia. Toda obra de arte é a introdução aos sistemas precários em movimento. A riqueza sempre está ameaçada, como bem sabem os avarentos. Mas poder voltar a refazê-la, como um pobre, todos os dias... Bom, justamente, para fazer isso é necessário ser pobre.

Foi disso que tive uma confirmação no metrô naquela tarde precedida de passos inconseqüentes. Ali onde tudo vinha ocorrendo em termos europeus entrópicos, em que cada atividade só se dava em troca de um neurônio perdido ou de um desgaste muscular, de repente a fortuna insólita da literatura vinha abrir uma porta, através da qual meu espírito cansado via um jardim, e em seu centro uma fonte de água pura.

Era como para cair de joelhos embevecido, rendido de gratidão. Que mais pedir, se era a Criação, e a Criação é tudo, e mais que tudo, pois é a fonte da qual tudo emana? Meu êxtase foi completo: não apenas a sensação de vitória pessoal por me redimir da jornada perdida, não apenas o egoísmo de ter escapado da banalidade à custa de meus semelhantes... Muito pelo contrário! Era uma fusão com o próximo, quase como se eu tivesse acabado de salvar a jornada deles, como se eu me dissolvesse em um irisado ramalhete de átomos pelo qual passassem os raios da Felicidade Para Todos.

É que a criação chegava feito Literatura, e aí é que estava toda a diferença. A criação *stricto sensu* pode ser uma força maligna e destrutiva, por exemplo, quando se dá sob a forma da Utopia. Quero dizer, ela é tão má para uns como boa para outros. Na Utopia, ao menos no momento de sua emergência, sempre há algum prejudicado. Até a que Deus implementou teve os seus. Sempre há alguém que tomba sob o golpe implacável do Bem.

Poderíamos dizer que a Literatura nasceu como uma correção marginal à crueldade implícita do pensamento criativo. Ela estende a ponte para o jardim do inofensivo, onde qualquer um pode cortar suas rosas sem temor de prejudicar quem quer que seja. Esse milagre a Literatura o consegue revestindo-se de Interesse e, assim, entregando-se ao puro e livre-arbítrio de cada um. De fato, a Literatura não é obrigatória — deve ser das poucas coisas não-obrigatórias que ainda restam. Deve-se montar no Interesse, como quem monta em um burrinho para atravessar uma Cordilheira, até chegar à Literatura. E quem faz isso? Eu o fiz, mas sou um em um milhão. De todas as pessoas que estavam viajando no metrô nessa hora (justo nesse instante, fechavam-se as portas e iniciávamos a viagem), devia ser o único.

Vindo do fundo da martelada ensurdecedora de rodas e polias, do solavanco e da inércia, brotou no fundo de mim uma prece de gratidão: o que eu faria sem ti, Literatura! O que seria de minha vida! As coisas não teriam solução. Mas vieste à minha vida, e esta tarde no metrô não foi a primeira vez: é o tema, nada mais. O tema é meu esquecimento, minha distração, ou, em geral, a soma de todos os meus defeitos. És a borboleta que vem trazer o raio de sol às profundezas escuras. Vida! Literatura! Que sorte a minha! O que eu me pergunto, dentro desta exaltação, é: como fazem os outros? Como se arranjam? Como pode subsistir o gênero humano sem teus benefícios? Bastou-te conceder-me tua divina iluminação? Acreditas, mãe onipotente, que a radiação que minha pessoa emana chegará para equilibrar todo o mal que há no mundo? Bom, seja como for, para mim tanto faz! Eu não sou o mundo. Para mim basta o toque secreto de tua varinha mágica, essa alegria transfiguradora. Obrigado, obrigado, obrigado...

E assim possuído, encurtou-se minha viagem de regresso, e, nem bem entrei em casa, sentei-me a escrever, sem a menor vacilação, um

Ensaio

É evidente que o velho ofício da prostituição está se extinguindo; é algo que perderemos a curto ou médio prazo, como perdemos tantas coisas; pouco importa se determinadas condições socioeconômicas o reativam aqui ou ali: segue o caminho do desaparecimento, e é só uma questão de tempo; chegará o dia em que será um dado histórico, só reconstituível por meio de documentos. E, mesmo sob o risco de parecer um cínico, ou um desalmado, eu o lamento. É uma das poucas coisas boas que tinha o passado. A satisfação rápida e fácil do desejo sexual que, em outros tempos, essa instituição informal proporcionava já não pode ser obtida. O progresso da civilização, que racionalizou e simplificou tantas outras coisas, por exemplo, a obtenção de alimento (com os supermercados), nesse terreno atuou no sentido contrário. Os clientes encontraram outra via de acesso, e com a falta de demanda, evidentemente, a oferta cessou. Quero dizer: o tipo de homem que recorria às putas, com o caráter e os modos que esse homem podia ter, foi quem configurou o novo sistema sociosexual, e aqueles que não recorriam a elas, por timidez ou por princípios, não têm do que se queixar.

Eu me queixo (é um modo de dizer: faço isto na maior discrição, em segredo, em termos hipotéticos) porque não me enquadro em nenhuma das duas categorias. Não tenho a desenvoltura para transitar à vontade neste mundo de prostituição generalizada porque é uma prostituição, digamos, "metafórica". E ninguém mais desprovido do que eu da habilidade de decodificar, traduzir e improvisar necessária para aproveitar as chances sutis que estão no ar, que são o ar. Aí eu me asfixio. Não tenho uma única célula de oportunista. Sou um inadaptado. O mesmo poderia dizer da outra alternativa. Tenho certeza de que, se eu tivesse vivido na época em que existia a prostituição, não a teria aproveitado (por timidez ou medo, não por princípios). Mas agora é diferente. Agora, sim, eu "teria ido". Por que, se não, eu a veria, como vejo, como uma utopia?

Agora, deste lado do mar do tempo, eu me pergunto: será que foi assim? Será que foi realmente assim? Que em troca de uns poucos pesos (os que tenho no bolso agora mesmo, para dar um exemplo) o sujeito podia escolher aquela que mais lhe agradava, digamos que jovem, bonita, exuberante, e desfrutar dela como bem entendesse, com seu completo consentimento? E no dia seguinte outra? Não é um conto de fadas? É quase uma fantasia diurna, um sonho acordado, e desse tipo de sonhos verossímeis e com elasticidade para abrigar todos os detalhes, e a mais breve experiência ensina que essas fantasias nunca se realizam.

E, no entanto, deve ter sido assim, a julgar pela documentação de que dispomos. Mas deixemos de lado os papéis, que podem mentir. Tomemos a única coisa que confirma nos fatos a realidade da prostituição: os restos que sobrevivem. A partir deles deveríamos poder reconstruir o que a coisa em si foi no passado, quando estava em seu apogeu. A não ser que não se trate de um passado histórico, e sim de um lógico, isto é, que sempre tenha sido passado. Fico com a primeira alternativa. Mas dentro dela estamos falando de dois passados igualmente históricos: o da sociedade e o individual. O de uma Argentina onde a carne era comprada e vendida como qualquer outra coisa, e o das velhas putas, que um dia foram jovens, lindas, desejáveis.

Neste último ponto, tão razoável (todos os velhos foram jovens) é onde desponta o impossível da fantasia. Porque basta pensar nessas garotas para sentir amor, amor de verdade, com todo seu cortejo de sensações deliciosas e emoções profundas. Ali devia dar-se uma experiência da beleza, da proporção, do mais delicioso cor-de-rosa. E também da ternura. Essas mocinhas estariam fazendo a aprendizagem do trabalho, e da vida. E eu, o cliente, viria de outra dimensão, de outra dobra do tempo; em relação a elas, eu já saberia de tudo, já teria experimentado tudo, teria definidos meu gosto e minhas idéias. É o encontro de dois mundos típico das fantasias. A descoberta do tesouro. Aqui a "profissão mais antiga do mundo" transforma-se na "profissão mais nova do mundo", em um passado ao mesmo tempo individual e comum. Mas o passado tem de ser ou individual ou comum; se for as duas coisas ao mesmo tempo, não será passado, será presente. E no presente as poucas putas que vão ficando já envelheceram, são uns cacos patéticos, desdentadas, caolhas, vovozinhas. Posso imaginar perfeitamente sua juventude, e deve ser minha imaginação que atua como um raio aniquilador e faz a juventude de todas elas, coletivamente, se desvanecer no giro de uma frase, num instante, como numa sinapse. Talvez aqui opere o "princípio da incerteza", sendo um desses fenômenos que ninguém pode observar sem modificá-los.

A experiência me ensinou que o único procedimento que realmente ajuda a resolver problemas desse tipo é dispor seus dados de tal modo que fiquem todos visíveis a um só olhar. Não é tão fácil como fazer uma lista telefônica, porque, justamente, o que dificulta o mancejo desses dados é sua heterogeneidade: uns são reais, outros fictícios, uns estão vigentes, outros caducaram, uns são próprios, outros alheios, outros ainda pertencem a problemas correlatos...

Podem ser casuais, soltos, temporais, *a priori*, biográficos, coincidentes, substantivos, adjetivos, modais, ricos, pobres, estéticos, qualquer coisa. Em uma apresentação convencional, só se pode pôr um elemento à vista ocultando outros. Por isso deve-se extremar a inventiva para criar uma espécie de "maquete" que mostre todos ao mesmo tempo. A chave da eficácia dessa construção é a amplificação; pois não apenas os dados do problema devem estar à vista, mas também deve haver (lembremos que não se trata apenas de contemplar e entender, mas de resolver) espaço suficiente para mover-se entre eles, manipulá-los com comodidade, deslocá-los, modificá-los. A amplificação, por conseguinte, resolve o inconveniente anterior, o da heterogeneidade e multidimensionalidade dos diversos dados que se conjugam no problema.

Não se deve pensar em uma imagem aumentada, mas antes em uma espécie de edifício que, além de ser grande, tenha muitos cômodos, escadas, corredores, portas e janelas. Se se tratasse de uma célula, bastaria amplificá-la no microscópio. Mas um problema como o que nos ocupa costuma incluir como dados uma célula, por exemplo, uma célula de vaca, mas também a oscilação de preços no mercado de gado na bolsa de Chicago. Para que nenhum dos dois fique oculto (em geral não são apenas dois: são mil), o operador eficiente deve dispô-los em um modelo de trabalho que lembraria um pouco o "castelo interior" dos místicos, se não fosse porque este é demasiado estático, e nós devemos levar em conta a dimensão temporal.

Pois bem, se eu quero chegar a alguma conclusão no problema que apresentei na primeira parte deste ensaio, parece-me que a "maquete" deveria ser uma situação que contemplasse a superposição de épocas em nosso país. Quando pensamos em épocas ou períodos, há um fato que passa despercebido, ou que descobrimos por acaso e *a posteriori* sem prestar-lhe muita atenção: que as pessoas não nascem e morrem na data da mudança de época: muitos viveram a juventude em uma época anterior, e sobrevivem nesta, ou então são atores principais em uma e continuam vivos ao longo de toda a seguinte. Penso que uma situação que enfocasse centralmente essas suposições biográficas poderia ser a ideal para nosso problema. Isso daria conta da multidimensionalidade. A amplificação seria coberta tomando como "células", ou seja, como atores dessa cena, personagens importantes da História, cujo nome ou posição já dissessem tudo. Para simplificar, tomemos os presidentes. Nossa tradição presidencialista, com um "executivo forte", torna a cena inteligível à primeira vista para qualquer argentino medianamente informado. Evidentemente, é impossível datar o momento, utópico por natureza, em que o comércio de sexo constituía uma solução. Mas, por isso mesmo, qualquer data pode servir. O único requisito é que não seja uma data tão próxima a ponto de que nela já se tivesse constituído nossa época, nem tão distante a ponto de que nossa época ainda não estivesse latente nela.

Digamos... o ano de 1900. Para mim, nem é tão distante. Nasci nos anos 40 e cresci entre pessoas que tinham vivido a virada do século. Um sumário exame da cronologia no final de um livro de História mostra-me que os presidentes que estavam vivos nesse ano foram: Mitre, Roca, Juárez Celman, Pellegrini, Luis Sáenz Peña, J. E. Uriburu, Quintana, Figueroa Alcorta, Roque Sáenz Peña, Victorino de la Plaza, Yrigoyen, M. T. de Alvear, J. F. Uriburu, Justo, Ortiz, Castillo, Ramírez, Farrell, Perón, Lonardi, Illia. Sem dúvida, deve ter me escapado algum, e não incluo os vice-presidentes que os substituíram nas viagens. São 21. Em 1900 uns eram velhos, outros jovens, alguns crianças; não importa. Tomamos todos em sua idade presidencial, a do retrato oficial. Longe de mim insinuar que eles tenham freqüentado meretrizes; muito pelo contrário, dou como certo que todos eles foram inatacáveis pais de família (como, aliás, eu também sou). A escolha é para efeitos da demonstração, nada mais.

Colocamos todos eles em um salão, grande, naturalmente, com muitos recantos, coqueiros em vasos, poltronas, mesinhas, piano, uma mesa de bilhar, lustres, cortinados... A mobília é atemporal, como sói ser quando se acumulam peças de diferentes estilos; em um grande salão do novecentos não seriam anacrônicos móveis Império, Luis XV, sacros, *art nouveau*, e até alguma antecipação de funcionalismo. Tapetes franceses e chineses. Cortinados de espessos veludos ou de cetins acartonados. Biombos. Bibelôs. Chinesices. A iluminação: velas, petróleo, gás e eletricidade, que na época conviviam. Os presidentes estão sentados aqui e ali, conversando, lendo o jornal, jogando baralho, tomando um cálice de xerez. Sua indumentária, escura, não parece fora de época, porque a roupa masculina é bastante atemporal. Todos parecem conhecer-se, mas sabemos que não é assim: Roca e Mitre não reconhecem Perón nem Illia, e estes não manifestam abertamente reconhecer aqueles pelos livros de História. Há um clima de cortesia; de qualquer modo, terão tempo de se conhecerem ao longo da cena.

No fundo, uma grande escada sobe até uma varanda aberta que circunda todo o salão. A varanda tem uma série de portas, algumas de uma folha, outras de duas, todas fechadas. São portas das mais comuns, mas com a qualidade mágica de deslocarem-se do plano da parede e avançarem um pouco sobre a varanda em direção à balaustrada, como se quisessem dar uma olhada no que se passa embaixo, para depois voltarem a seu lugar. Se isto fosse uma comédia, poderiam se chamar *As portas curiosas*.

A cena já está configurada, e basta colocá-la em funcionamento. Uma vez iniciada a ação, dão-lhe profundidade os elementos não-cenográficos que se vão somando: os temas de conversa entre os presidentes, os mal-entendidos, o que se sabe e o que não se sabe, o ritmo de deslocamento das portas. Preciso apenas entrar nesse salão e participar. O mecanismo é automático, movido à corda: depois de dá-la, funciona sozinho. E com o detalhe maravilhoso das portas adquire seu pleno caráter de encantamento. E assim chegamos ao nó da questão com que começamos, o nó entre vida pública e privada, história e segredo. Como todos os feitiços, este se romperá ao longo da ação. Os encantados sabem quais são as palavras e gestos que os desencantarão, que os devolverão à vida e à realidade. Mas, justamente por sabê-lo, não podem colocá-lo em prática, pois seria uma repetição e, por conseguinte, parte do feitiço: serviria apenas para aprofundá-lo. A libertação será deflagrada por essas palavras e gestos quando pronunciadas e feitos espontaneamente, como numa autêntica improvisação. Isso quer dizer que deverá vir do tempo, do devir, não das formas estabilizadas no espaço, mesmo que seja no espaço mental.

Receio que essa encenação d'*As portas curiosas* poderá parecer um pouco metafórica, mas não é, por sua qualidade de maquete, e por reger uma repartição entre geral e particular. O particular neste caso é a questão da prostituição que me preocupou de início. O geral fica a cargo dos presidentes. A maquete poderia servir para a resolução de outros problemas, de todos até, para a visão dos pequenos problemas que se multiplicam ao longo da jornada, que é também um feitiço, não por modesto e cotidiano menos paralisante. Todo o problema está em estabelecer a relação, a ponte, entre geral e particular. Precisamos de uma ligação flexível, para evitar o dogmatismo, que seja ao mesmo tempo clara e inteligível, para não cair nas incertezas que rodeiam a representação incompleta. Acredito humildemente que este salão preenche os requisitos. Com ele será fácil (e já é, pois já está em ação), tão fácil como assistir à televisão. Não comportará nenhum esforço, nenhum trabalho, será como a arte, que é fácil para o artista, mesmo que o artista esteja cansado, exausto pela jornada exigente e estéril, abalado pela idade e desalentado pela impenetrabilidade do mundo que o rodeia.

18 de julho de 1995

UM EPISÓDIO DA SECRETÁRIA ELETRÔNICA

Odile foi entre nós pioneira no uso da secretária eletrônica; ela trouxe uma da França quando a indústria mal tinha saído da etapa dos protótipos e pôs à venda, talvez prematuramente, o primeiro modelo doméstico... Um modelo que hoje nos pareceria primitivo, enorme, tosco, um móvel que foi instalado por um eletricista engenhoso ao lado da mesinha do telefone, onde teve que abrir buracos e fazer conexões artesanais, a seu critério... Um emaranhado de fios conectava os dois aparelhos; parecia um telefone ligado a um pulmão artificial... É curioso notar como percebemos a tecnologia: isso que hoje veríamos como um engendro troglodita, então nos parecia hipermoderno, impecável, eficientíssimo... E realmente funcionava, embora coubesse perguntar-se se era muito útil. Como ainda não existiam os cassetes, a fita se enroscava e desenroscava em dois rolos verticais, como dois olhos visíveis atrás de um vidro. Tinha uma única fita, por isso Odile não podia gravar uma mensagem de recepção; quando estava ligada, era acionada pelo primeiro impulso elétrico do primeiro toque do telefone: os rolos começavam a girar majestosamente e continuavam girando durante cinco minutos, até parar com um sonoro "tac" e deixar brilhando uma luz vermelha. Essas coisas pareciam quase mágicas, incompreensíveis. O moderno é habitado por uma grande ingenuidade, é uma corrente de rajadas pueris.

Evidentemente, Odile só ligava o aparelho durante suas ausências. Ela tinha uma vida social e profissional tão intensa, e uma família tão extensa, que seu telefone não parava de tocar, nem ela de levar o fone ao ouvido. Depois do divórcio, ela se mudara para um apartamento menor e, exceto quando seu filho mais novo, o único solteiro, vinha visitá-la nas férias (ele vivia no Canadá), morava sozinha. Uma diarista cuidava da limpeza e fazia as compras de manhã, indo embora depois do almoço. De modo que à tarde e à noite, quando Odile saía, não ficava ninguém em casa, coisa que nunca antes lhe acontecera, e foi por isso que optou pela secretária eletrônica.

Pois bem, sendo esse aparelho uma coisa tão nova na época, e tão pouco conhecida (além do fato de, na realidade, ninguém nunca se acostumar com a secretária eletrônica), mais a inexistência de uma segunda fita em que a voz de Odile pudesse dar instruções, o certo é que ninguém deixava recados. A maioria pensava que a ligação tinha caído, esperava um pouco, perplexa, e desligava. Aqueles que sabiam do aparelho limitavam-se a pensar "Odile não está", e também desligavam. Quando ela chegava em casa e via a luz vermelha (era a primeira coisa que olhava), tinha de contentar-se com ouvir silêncios, mais ou menos longos, embora sempre durassem cinco minutos. Mas se o dispositivo tinha uma virtude, era a de gravar tudo com espantosa fidelidade; os silêncios não eram bem silêncios, havia um sussurro ao fundo, às vezes até uma respiração, ou um desses pequenos sons involuntários como o soluço. Por meio deles Odile costumava reconhecer quem tinha telefonado, e discava seu número: "Você ligou para mim? — Liguei, sim! Como você adivinhou?" Ela nunca errava, tornara-se habilíssima nessas mâncias, que não o eram; nem sequer podia se dizer que ela reconhecesse o silêncio próprio de cada um de seus conhecidos: o que acontecia na verdade, e que acontece com todos nós, é que as pessoas que lhe telefonavam, embora numerosas, eram de número limitado, e o momento de lhe telefonar era marcado pelo relógio social, de mecanismo mais complicado mas não menos previsível que o relógio de sol. Apesar disso, e mediante uma simplificação bem compreensível, sua secretária eletrônica ganhara fama de mágica.

O círculo de conhecidos e amigos de Odile, como já disse, era amplo e populoso. Sua atividade profissional, sua condição e sua personalidade contribuíam para que assim fosse. Era um círculo oscilante entre o público e o privado: todos tinham atividades no campo das letras, das artes, da política ou da beneficência, entrelaçados na malha geral da "café society", tão brilhante naqueles anos. Tão estável e saudável era essa humanidade, tão excepcional a morte, que uma baixa em suas fileiras constituía um acontecimento arrebatador, quase fabuloso.

Justamente nessa época, morreu, jovem e promissora, uma amiga de Odile. Foi uma pancada. Como costuma acontecer com as mortes prematuras, todos se sentiram culpados, alguns mais, outros menos, conforme o caráter e o grau de intimidade que tinham com a morta. A pobre Hairenik (era esse seu nome) foi elevada à categoria de mito doméstico, seus atos e ditos foram reinterpretados, seu destino posto sob os refletores fúnebres, e as circunstâncias de seu falecimento examinadas com um detalhismo especulativo que beirava a obsessão. Para Odile, foi objeto de pensamento permanente durante dias e noites. Recusou com energia a hipótese de suicídio, que estava latente. No atestado de óbito constava "parada cardiorrespiratória", e Hairenik sofria de uma inversão congênita das válvulas cardíacas, doença que a fizera frágil, retraída, introspectiva, um vaso de cristal escuro cheio de rachaduras. Seu coração se debilitara adicionalmente pelo uso e abuso de soníferos com que ela combatia a insônia, e mais que isso o medo da insônia; esse medo a levara a viver com os horários trocados: velava à noite e dormia, ou tentava dormir, de dia. O mesmo efeito debilitante deviam ter tido os cigarros fortes franceses que fumava absolutamente o tempo todo.

Mesmo quando a defendia com vigor da culpa de ter atentado deliberadamente contra a própria vida, chegando a ter ásperas discussões a respeito, Odile não podia deixar de reconhecer *in petto* que Hairenik "se deixara morrer". Era uma depressiva, quanto a isso não havia a menor dúvida. De certo modo, uma suicida, principalmente nos últimos tempos, quando a qualidade de sua obra começara a decair e as fontes de sua inspiração pareciam ter secado. E, perante o tribunal de sua consciência, Odile se confessava culpada de não ter estado à altura do carinho e da admiração que sentia pela morta.

Tinha andado um pouco esquecida dela, sem telefonar... Nos dois meses anteriores ao falecimento, ou pouco mais, não tinha pensado nela nem sequer uma única vez, culpa que agora expiava tendo-a o tempo todo no pensamento. E talvez não tivesse sido apenas distração ou sobrecarga na agenda; estava a dificuldade dos horários de Hairenik, seu problema de insônia... A campainha do telefone podia interromper um sono conseguido à custa dos mais exigentes experimentos em conciliação... Agora que pensava nisso (e como pensava!) achava estranho que Hairenik não deixasse o fone fora do gancho, porque era inevitável que tocasse; e nunca o fizera. Mas isso tinha uma explicação bastante óbvia; como muitos depressivos, Hairenik vivia aferrada à esperança de uma ligação salvadora. Jamais atentaria contra o telefone, que era seu talismã, seu salva-vidas virtual.

Contudo, os inconvenientes de horários não eram a causa principal, eram antes um pretexto que o remorso de Odile trespassava. Ela não podia ocultar de si mesma que sua retração dos últimos tempos obedecia a causas mais substanciais. A personalidade atormentada de Hairenik, tão diferente da dela, acabara causando-lhe repulsa. Passados os primeiros anos de amizade, em que elas foram tão íntimas, tão inseparáveis, ocorrera certo desencanto. No mundo cada um representa seu personagem, mas Hairenik insistira demais no seu, levara-o muito a sério, ou, o que é pior, pretendera que os demais o levassem a sério. E isso tinha começado a soar como recriminação para Odile, a frívola Odile, sempre tão ocupada, tão prática, tão prosaica. Perto de alguém que tem motivos para viver, quem não os tem parece superior, insondável, fascinante; para o primeiro, a situação é humilhante. Odile fora uma adolescente feia, e sofrera na pele a estratégia das bonitas de sair em sua companhia para ressaltar seus encantos; ao crescer, jurara a si mesma nunca mais se prestar a manobras desse tipo.

Mas agora as coisas tinham dado uma reviravolta! Odile tinha toda a superioridade que podia ter: estava viva. Essa vantagem se impunha a qualquer outra que Hairenik porventura tivesse sobre ela, e de certo modo revertia ao passado, transformando-o. Odile se sentia retrospectivamente capaz de ajudar sua amiga, capaz de espantar com um gesto, com uma risada, os morcegos do pesadelo que tinham perseguido sua pobre amiga. Sentia-se capaz de convencê-la (agora que não podia convencê-la de nada) de que seus problemas eram imaginários; a dor, uma ilusão; seus demônios perseguidores, meras fantasias. Sentia-se onipotente, agora que não podia pôr-se à prova. A oportunidade tinha passado, era irreversível. Nunca poderia cumprir seu dever piedoso de amiga. Nunca, nunca. A morte, esse fenômeno terrível, impusera-se entre as duas. Só de pensá-lo, Odile sentia uma angústia que nunca sentira em toda sua vida superficial e mesquinha.

Na época em que esse processo espiritual estava em seu ponto crítico, uns quinze dias depois do enterro, uma noite Odile voltou de um *vernissage* e, como sempre, foi direto para a secretária eletrônica. Encontrou gravados os silêncios de praxe, três ou quatro deles, e mais ou menos adivinhou ou pensou adivinhar de quem se tratava. Agendou mentalmente os telefonemas que faria, mas, antes de desligar a secretária, impôs-se uma tarefa desagradável: voltar a fita, pois já estava quase no fim, e, se não o fizesse agora, corria o risco de se esquecer no dia seguinte, quando voltasse a sair. Não era fácil. O aparelho devia estar ligado, porque, senão, a tampa travava, e Odile tinha tamanho pavor de eletricidade que mexia em tudo com a ponta dos dedos, puxando da própria fita para não tocar nos carretéis, que eram metálicos. Desde que morava sozinha, andava com a mania de temer a morte acidental. Ficou trabalhando por um tempo, contendo a respiração, mas sem inconvenientes; tinha prática, pois devia fazer isso duas vezes por semana. Por fim terminou; encaixou os rolos contra o fundo do aparelho empurrando com um lencinho, passou a fita pelo cabeçote, e suspirou. No momento em que fechou a tampa de vidro, a secretária começou a funcionar sozinha. Por quê? Viu desconcertada os dois rolos girarem. Isso nunca tinha lhe acontecido.

Por causa da surpresa, não estava nas condições ideais de percepção para descobrir de quem era esse silêncio que saía pelos alto-falantes. Além disso, a adivinhação (ou melhor: dedução) corrente não tinha curso porque esse trecho de fita devia corresponder a gravações feitas um mês atrás. E não tinha sido um mês comum; a desgraça o partira ao meio.

Sensibilizada pela constante volta ao passado a que vinha cedendo ultimamente e pelo exame de consciência que modulava esses regressos, e nesse momento pela tensão que o medo da eletricidade lhe causava, Odile ficou pasma, e as mais extravagantes suposições se apossaram dela, quase como se um ladrão tivesse entrado furtivamente no apartamento. Não tinha como reagir ao desconhecido: nem ao arcano da máquina, nem ao que havia dentro dela. Na ignorância, recorreu ao único gesto habitual que tinha à mão. Tirou o fone do gancho, levou-o ao ouvido e falou:

— Alô?

Ao dizer isso sentiu o absurdo do gesto; mas não importava,

porque não havia testemunhas. E, mesmo que houvesse, também não teria importância, pois é bastante comum uma ligação cair ou não se estabelecer de saída; o telefone é a única circunstância socialmente desculpável de falar sozinho. Para sua a imensa surpresa, não foi o caso dessa vez, porque uma voz lhe respondeu:

— Alô, Odile? Sou eu.

Seu coração deu um pulo com cambalhota. Se não estivesse tão paralisada pelo susto, teria gritado. Apesar disso, foi nesse momento que lhe ocorreu uma explicação plausível: alguém devia ter ligado no momento exato em que colocava a fita, e por isso o aparelho fora acionado sem que a campainha tocasse. Os rolos continuavam girando...

... mas não se deu ao trabalho de pará-los. Porque havia mais alguma coisa, uma coisa tão espantosa que obturou qualquer outro pensamento. A voz... era a de Hairenik! Aquela voz inconfundível, enrouquecida pelo tabagismo, com sua dicção tão peculiar, tão pouco espontânea. A voz que ela pensava que nunca mais voltaria a ouvir. O horror crispou seu rosto em uma careta impossível. Mil idéias disformes e entrecortadas passaram como relâmpagos por seu cérebro. Odile era uma mulher bem pouco inteligente. Sua banalidade não era uma máscara. Mas toda desvantagem é por outro lado uma vantagem. As forças dispersas de sua falta de inteligência podiam concentrar-se em determinadas ocasiões e atuar em conjunto como uma broca perfurando a rocha. Foi o que aconteceu nesse momento. Não eram forças desprezíveis, o Lugar-Comum, o Paralogismo, a Necedade, o Preconceito, a Obviedade, e quem sabe quantas mais, todas coordenadas como uma formidável bola de neve cósmica. Gradualmente, mas em décimos de segundo, foi entrando em sintonia.

— É você, H... querida! — o nome de sua amiga, esse ridículo nome fino-úgrico, Odile nunca o conseguira pronunciar direito; dizia "Haidreni", ou "Hairedni", ou "Hindraike", ou "Hiraikeni", ou como saísse, sempre diferente e sempre errado. Como suspeitava que a outra devia ter complexos por causa desse belo presente que recebera, que seus pais lhe fizeram, temia ofendê-la e nunca o pronunciava em sua presença; sempre a chamava de "querida" ou "menina", ou simplesmente evitava o vocativo. Por isso, agora Hairenik não tinha razão para estranhar o fato de ela não o citar. — Que surpresa! E aí?

Que é que você tem feito? Eu acabei de chegar do *vernissage* do Rômulo e...

— Bem, e você?

A interrupção parecia vir de outro mundo. "Ela me chama de você", pensou um setor da mente de Odile, "quer dizer que é uma amiga íntima". Porque ela estava se perguntando, de fato, quem podia ser. Toda uma metade de sua mente (mas uma metade misturada com a outra metade) descartara de saída a hipótese sobrenatural. O cuidado de não pronunciar o nome da morta obedecia, sob essa luz, a uma elementar prudência face ao ridículo. A hipótese alternativa que seu pré-consciente alvoroçado elaborara era a de um telefonema comum e corriqueiro, casual, que tivesse entrado direto na secretária sem ativar a campainha. Continuou falando rapidinho, para ganhar tempo:

— Bem, bem. Venho do *vernissage* do Rômulo...

— Mais ou menos. Naquela guerra.

O que ela queria dizer com isso? Do que estava falando? Estaria brigada com Rômulo? Estava nervosa demais para pensar. Quem podia ser? A voz de Hairenik, e sua dicção, justamente por serem tão peculiares e pouco naturais, eram fáceis de imitar, e Odile sabia que tinha sido copiada por muitas, por aquelas meninas esnobes de classe alta que sempre andavam atrás dela, suas fãs, sua corte. Odile conhecia a maioria delas, as mais assíduas, mas as confundia. A semelhança da voz era alucinante, ao ouvi-la não podia evitar ver o rosto da morta.

— Como?

Uma risadinha, superposta a sua pergunta, foi a única resposta. A risada dela! Como a imitavam, essas desgraçadas! Mas, ao mesmo tempo, outra porção frenética de sua alma se aproximava da realidade do milagre, de que fosse verdade Hairenik telefonando da morte. Apressou-se a falar:

— Que bom que você ligou! Como você está se sentindo? Como vai? Como...?

— Você está louca, Odile.

— Hein?

Ainda nem tinha se adaptado, e já começava a sentir que a conversa continuava, se prolongava... E ela perdendo uma oportunidade sem par... A oportunidade de quê? Era isso que ela não captava. Mas podia senti-la fluir, nua e escorregadia, muito próxima, "calva" como o provérbio a pinta, só que... Assim costuma se apresentar a chance: tão próxima e acessível que basta estender a mão para que encaixe no dedo, e ao mesmo tempo tão inescrutável que não se sabe de que serviria. Mas a coordenadora de forças idiotas estava em ação, e jogou-lhe uma corda: a chance, essa chance, era a chance de falar com Hairenik.

Como podia ser isso? Por acaso existia a mais remota possibilidade de que semelhante coisa acontecesse? Falar com uma morta? Odile era consciente da inconveniência de acreditar em milagres.

Talvez seu remorso, seu desejo impossível de ter ou ter tido uma oportunidade com Hairenik, tivesse vindo a público; ela tinha a língua tão solta, era tão transparente: e aquelas cadelas, tão fofoqueiras... Talvez fosse objeto de uma da brincadeira de péssimo gosto. Claro que, enquanto mantivesse a ambigüidade, não corria perigo.

— Por que você disse...?

— Nem eu.

— Hein? Como?

Respirou fundo, tentando se acalmar. A ambigüidade é a base de toda conversa telefônica. Teria de aceitá-la sem restrições, mergulhar com decisão na ambigüidade, sem ambigüidades (mas não sem preocupações; era mais forte do que ela). De repente foi tomada por um quase insuportável sentimento de urgência. Fixou a vista nos rolos, que continuavam girando impávidos. Calculou que devia ter transcorrido um minuto desde que levantara o fone; restavam quatro... Na linha havia um silêncio.

— Escuta, quero te falar uma coisa. É importante.

— Certo.

Dessa vez a réplica encaixara justo. Sentiu-se mais segura. Estava pegando o jeito.

— Uma coisa importante... — repetiu, e enquanto o dizia se perguntava: O quê? O que era importante? Era uma vertigem... Ela mesma não sabia o que queria dizer, e sua pobre amiga nunca poderia adivinhá-lo... Porque estava morta, estava no passado, estava imersa no desespero de "se deixar morrer"... Toda sua imensa responsabilidade impunha-se a Odile com insólita gravidade. Sentia-se mãe, quase uma deusa... Mas o sentia em relação a uma Hairenik que não renunciava à sua superioridade intelectual, a sua altivez irônica de grande artista, celebrada e ciente de seu valor, diante de sua amiga tola e frívola... Mas devia dizê-lo! O que tinham sido esses dias de luto senão um longo ensaio dessa estranha representação sobre a qual se levantara inopinadamente o pano? E sua mente estava em branco.

— É importante! — gritou rasgando a garganta. — A gente tem que fazer a hierarquia do que é importante e do que não é!

— Sempre a mesma hist...

Não a deixou terminar. Tinha horror da possibilidade de que destampasse a falar e não lhe desse tempo:

— A vida é importante! Viver! O resto está em segundo plano. Porque todos os problemas podem ser resolvidos vivendo. Viver é uma eternidade!

Sentia como se nunca antes em toda sua vida tivesse estado no transe de dizer alguma coisa, de se explicar, de procurar as palavras certas para seu pensamento. Talvez fosse assim. O mais difícil era a impossibilidade de se deixar levar pelo discurso e buscar nos meandros a linha reta, pois era impedida pelas respostas, que caíam do vazio como badaladas do destino. Nesse momento, justamente, um sexto sentido lhe indicou que vinha vindo uma, e fechou a boca.

— Como você tem passado, Odile?

Muito bem. Devia assimilar isso, apoiar-se nisso, tirar suas forças daí, seu impulso, sua inspiração. E tinha motivos para fazê-lo, pois cada vez estava mais convencida de que era a voz de Hairenik, a voz inconfundível e única de sua amiga morta.

— Eu? Bem! Quero dizer: mal! Como você quer que eu esteja?! Tudo vai passando, o mau e o bom juntos. Quem é que consegue separar os dois? Eu...

Era inútil. Como filosofar nessas condições? Eram muitas limitações. Já sentia outra réplica chegando:

— É.

"É"? Quer dizer, então, que aceitava seus argumentos. Já era um passo, mas em que direção? A hipótese com que estava elaborando a comunicação, sem parar para pensar nela em detalhe porque não tinha tempo, era de que a voz de Hairenik tivesse ficado registrada na secretária eletrônica, na gravação de uma conversa que as duas tivessem mantido ao telefone no mês anterior à desgraça. Por algum capricho do aparelho, só as intervenções de Hairenik teriam sido gravadas. Era bem possível. E agora isso lhe dava a oportunidade de manter um diálogo não por irreal menos eficaz para satisfazê-la. Se pensasse, saberia que não era um diálogo de verdade; se ficasse calada, ouviria as respostas soltas da morta, e seria apenas a tristíssima lembrança de um momento banal, de uma chance desperdiçada... Por isso tinha que se apressar, entrar nas brechas com todo o peso de sua vida, com a seriedade que ela possuía sem que ninguém suspeitasse. Havia até um motivo prático: existia a possibilidade de que tudo estivesse sendo gravado, e, se saísse bem, como uma sonata de Beethoven tocada por Claudio Arrau, ela teria algo material para exibir... Um simulacro? E daí? Que importava o que aquilo seria? Se tudo era simulacro! Tudo era teatro!

"É." Tinha que pegar a partir daí. Ou melhor: do que se seguia. Não da réplica anterior, mas da próxima. Mas como saber qual seria a próxima? O único modo de saber o que alguém diz é que o diga, e que, por efeito da emissão do dito, fique no passado: e o tempo não corre ao contrário. Ou será que corre, em certos casos muito especiais?

Não podia se deixar levar pela especulação: a essência da concentração estava na prática, no imediato da prática, e o imediato era o que ela devia dizer já, já!, nesse mesmo instante, sem pensar.

No fundo, era uma simples questão de adaptação. Adaptar-se, no fundo, não é nada além de levar em conta as mais sutis defasagens do tempo. Enquanto o organismo fala ou pensa, no presente dessa tarefa, está transcorrendo um tempo anterior, o que o levou a esse estágio de sua vida. E ao mesmo tempo está passando o futuro que resultará de suas palavras. (Vinte anos mais tarde, o tema entraria na moda com os filmes de viagens no tempo, mas aqui também Odile foi uma precursora.)

Para ter a chance de se adaptar, é preciso persistir, porque a persistência é o planeta individual sobre cuja superfície podem ocorrer as defasagens. Cada pequeno fato da vida deve ser "precedido depois" pelo "antecedente *a posteriori*" que lhe dê sentido... Transformar por antecipação.

Em suma: adaptar-se é salvar uma vida, a própria ou uma alheia.

Que momento para Odile! Nunca o esperaria. O único recurso de que pôde lançar mão foi a improvisação. Aferrada ao telefone com um vigor de eletrochoque, metamorfoseada em uma rocha em chamas, teve de improvisar tudo. E embora fosse verdade que a arte augusta da improvisação estava muito além de suas possibilidades e capacidades, contava com a vantagem de, obrigada pelo salto no tempo, pegar a improvisação em sua origem, não *in media res* como se costuma dizer. E, além disso, ela tinha prática na matéria, não era uma novata. Em seu trabalho como jornalista cultural, recorria de modo sistemático ao plágio, que é a forma extrema da improvisação. Não lhe escapava que isso fazia dela motivo de piada, principalmente no meio sofisticado e pretensioso que presidira Hairenik, a talentosa, culta e inteligente Hairenik. Pois bem, o escárnio agora jogava a seu favor. O riso às suas costas era sua arma.

26 de julho de 1995

Eu não me importo de correr riscos, pois o pior que pode me acontecer é morrer, e sinto que, depois de tudo, bem ou mal, muito ou pouco, já vivi. Por isso não me cuido especialmente. Eu o faria, e acho que muito, se fosse outro, isto é, se me transformasse em outro. Se de repente eu me encontrasse em outro corpo, eu o cuidaria como um tesouro de valor incalculável, tomaria todas as precauções até para atravessar a rua, faria inclusive um bom esforço por entrar na melhor forma possível, por exemplo, praticando ioga, relaxamento... Dou enorme importância ao relaxamento, penso que é uma chave da longevidade, além de ser uma chave do bem-estar, da atenção e do desfrute da vida em geral; por outro lado, estou convencido de que uma pessoa relaxada sofre menos acidentes, assimila melhor os choques, quedas e sobressaltos, e seu trabalho rende mais. Pois bem, mesmo com essa persuasão tão arraigada em mim, não me dou ao trabalho de aprender a relaxar a fundo, não tenho constância, vivo rijo como uma pedra. É que eu tenho meus problemas (quem não os tem?): o esforço de tocar minha vida medíocre e manter minha posição precária consome todas as minhas energias, tão parcas e em constante diminuição, e qualquer coisa adicional seria um luxo. O que me acontece com o relaxamento acontece com todo o resto: não tenho tempo nem vontade de me dedicar a ele, duvido que valha a pena no ponto da vida em que me encontro, que não é nem mais nem menos que a metade da vida (se bem que eu poderia apostar que vinte anos atrás me considerava no mesmo ponto). Por isso uso drogas, bebo, fumo, não faço exercício, como demais, me precipito com uma careta idiota para um final prematuro. Meu desejo de perdurar é tão forte como o de qualquer um de meus congêneres, mas é um desejo passivo, uma espécie de esperança vazia, em que não paro para pensar em detalhe. Que seja o que a sorte quiser! Eu não me importo! Já estou perdido, e vou continuar assim, até me arrebentar.

Como já disse, tudo isso se aplica a mim, a quem sou, esta pessoa à qual me acostumei e conformei, de corpo e alma. Muito diferente seria se, de uma hora para outra, de improviso ou mediante uma transfusão, eu me encontrasse em outro corpo. Aí sim tomaria o maior cuidado para não adquirir maus hábitos, faria dietas saudáveis, acordaria cedo, seria um atleta... O fato de "partir do zero" ajudaria, eu estaria realmente começando uma vida nova. Sei que o faria. Não precisaria pensar, tomar uma decisão, violentar-me o mínimo, por exemplo, pensando. Faria tudo por instinto, e se parece impróprio falar em instinto em semelhante caso, deve ser porque o único instinto viável nessa circunstância parece ser o de se proteger e persistir em alguma coisa parecida com a perfeição. Encontrar-se em outro corpo, na metade da vida, e poder começar do zero uma política higiênica seria um milagre, puro e simples, e o milagre é para os fatos o que a perfeição é para os seres, portanto é natural, e a primeira coisa em que pensamos é fazer de tudo para preservá-lo. *Contrario sensu*, e posto que os milagres não existem, cabe pensar que esse requisito de inaugurar um corpo novo para começar a se cuidar não passa de mais um pretexto da vontade doente para continuar procrastinando.

Ao contrário do contrário, deveríamos concluir que só os outros, enquanto outros, podem cumprir o mandamento de cuidar do corpo, o divino estojo e prodigiosa máquina de nossa vida? Não creio que se possa generalizar a partir de uma fantasia tão caprichosa, mas, para confirmá-lo, teríamos de examinar de onde viria esse outro corpo. De onde? Evidentemente, do pensamento, do capricho da fantasia, do devaneio ocioso: é um avatar da onipotência a baixo custo da atividade mental. Se a oferta se concretizasse, proveniente de Deus, do professor Girassol ou o gênio da lâmpada, eu me daria ao trabalho de fazer as especificações cabíveis: idade, altura, peso, compleição etc. Até a cor dos olhos e o formato das unhas. Enquanto continuar sendo uma possibilidade ultra-remota, bastará uma idéia vaga, uma figura feita de retalhos oníricos e desejos desconexos. Ainda assim, devo me perguntar de onde vem essa figura. Um modo elegante de fechar o círculo seria dizer que ela é montada, peça por peça, com os restos das intenções abandonadas de mudar de vida, de se renovar, de seguir o bom caminho da saúde e da beleza. Cada fracasso, cada renúncia da vontade, traça uma linha, e essas linhas, depois de algum tempo, desenham um homem. Um homem impossível, claro: por isso é impossível que este milagre ocorra na realidade. Isso o torna impossível. Na realidade, não deveria ser assim, pois basta-me sair para a rua para ver quão inesgotável é a provisão de homens saudáveis, jovens, bem-figurados, disponíveis, aos quais falta apenas receber, como um dom do céu, minha mente. Aí temos uma coincidência difícil de explicar, entre o homem particularíssimo nascido do pensamento e o homem genérico que sai da pletora dos homens exteriores, já feitos.

Volto a um ponto que já toquei, e sobre o qual já disse quanta importância lhe atribuía: o relaxamento. (Antes me esqueci de mencionar o seguinte: tenho observado que, ao relaxar, os eletrodomésticos funcionam melhor, podendo até fazê-lo estando quebrados.) Existem muitas técnicas de relaxamento, mas nenhuma dá resultado. Podem funcionar como processo, como passatempo, mas nunca chegam a um resultado. Isso se deve ao fato de o resultado em si ser parte de um sistema, tenso por natureza, em que nunca caberia um organismo relaxado. O relaxamento se consegue à margem de qualquer esforço ou cálculo. Farei uma breve descrição de alguns estados de relaxamento, tal como pude vislumbrá-los, seguindo uma ordem "de fora para dentro".

Começo pela posição de lótus. Nós sempre queremos fazer o lótus melhor que o vizinho, e o vizinho sempre o faz melhor que nós. Essa competição tem seu lado bom, porque "nós" também é "vizinho", uma vez que o outro está na mesma posição que nós e é virtualmente o mesmo. A manobra tem seu ponto culminante no "lótus perfeito", que absorve todos os "lótus de canto de olho" ou laterais em uma linha ou eixo a partir do qual estes voltam a se desenvolver. A simetria prossegue dentro do lótus perfeito. O pé esquerdo fica à direita, o direito à esquerda, os dois com a planta virada para cima. Nessa inversão de posições relativas revelam-se mutações da calma que afetam a nós e aos outros por igual. Supõe-se que uma sucessão infinita dessas calmas transtrocadas produziria uma evolução. Exige-se uma paciência sobre-humana. Toda a operação está condenada ao mais cruel fracasso. Mas no caminho surge alguma coisa... A figura sentada na posição de lótus é reconhecível; já a vimos antes; voltaremos a vê-la. É permutável. Aplica-se como um carimbo sobre qualquer cena.

Aqui vale a pena abrir um breve parêntese acerca da figura humana no cinema cômico ou no folhetim. A figura, que por efeito das peripécias risonhas cria sua própria abstração, percorre todos os cenários possíveis, traslada-se para todos os cenários possíveis (cria seu próprio infinito serial): Carlitos Vagabundo, Carlitos Milionário, Carlitos Bombeiro, Carlitos na Idade Média... Mas a reação ao meio, cômica por natureza, é equilibrada pela iniciativa da ação, que é melancólica. E notemos que o personagem não precisa tomar precauções em relação a sua vida, pois todo o cuidado recairá automaticamente no outro que o acompanha.

O lótus perfeito, que por dentro permuta a simetria dos organismos, por fora os projeta na série de Ocidentes e Orientes do mundo. Pode prolongar-se por uma verdadeira eternidade, na qual vão-se alternando o nós e o outro pessoais. O homem-lótus, como um carimbo aplicado no céu, sobrevoa as paisagens, bosques e montanhas, mares e cidades.

O objetivo é sentir-se bem, em paz consigo mesmo, disponível, sempre a ponto de contar uma piada. Como às vezes temos que nos deslocar ou fazer vida social, é necessário aprender todas as posições: sentado, de pé, caminhando, pegando os talheres na mesa, dirigindo o carro ou a moto. Um truque universal consiste em calcular a partir da linha das orelhas: desta até a dos ombros (um oitavo), da dos ombros até a das cadeiras (um quarto) e daí até a dos calcanhares (uma metade). No centro da escala, equilibrando tudo, o "hara" ou peso do abdome. Este é o pêndulo geral das linhas. O cocuruto deve sempre apontar para o alto, o que faz o queixo apontar automaticamente para o peito na postura correta. O homem-lótus não atua sobre nenhum dos pontos de gravidade de seu corpo. A grande corda da harpa em que soam essas melodias objetivas é a coluna vertebral. Deve-se evitar encurvar as costas.

A ginástica do ascetismo vem acompanhada do desalento que seu fracasso provoca. É aí onde a série se torna tangível; em uma doce volúpia melancólica emergem os tesouros da cultura, banhados numa luz de aurora. A vida não basta para contemplar todos eles. Do fracasso nada resulta: só se aprende. O que demonstra de passagem a inutilidade do aprendizado. O lótus flutua no silêncio do gabinete...

Começamos o exercício com o homem que somos, e o terminamos exatamente igual; houve apenas um deslocamento das partes; onde estava uma, de pronto esteve outra, a felicidade e a desgraça, o devaneio e realidade, a esquerda e a direita. O objeto de cada ação é abrir as cápsulas para ver como as partes se reacomodaram, e voltar a fechá-las. De tal maneira que a ação em si não tem a menor importância, e muito menos seus resultados. Tratando-se de um escritor, ele pode escrever qualquer coisa.

Suponhamos que a cápsula é um caixão. A tampa que se abre e se fecha é uma tela de projeção. A duração determina a persistência retiniana da figura, e a alternância de pré e pós-perceptivo determina a forma das mutações. Isso é o que faz pensar. São como flores. Todas as durações são relativas. Cada pressa leva pendurada uma lentidão que a faz funcionar.

No cinema, que pode ser trazido à colação como mecânica ilustrativa dessas questões, existe uma diferença essencial que é quase ignorada por críticos e historiadores, por ser algo assim como um segredo técnico nas mãos dos homens obscuros da sala de montagem. No cinema norte-americano, as várias tomadas de uma mesma seqüência são montadas sem cortes, enquanto no europeu normalmente se subtraem dois ou três fotogramas no ponto de junção. Ou seja, se se trata de um ator dando um murro em outro, e a primeira tomada é um plano médio do primeiro lançando o punho, e a segunda um plano geral dos dois no momento do impacto, se o filme for americano, não faltará nenhum fotograma daquela que se decidiu ser a seqüência temporal correta, ao passo que, se o filme for europeu, faltarão esses dois ou três fotogramas (equivalentes a um décimo de segundo, mais ou menos), porque os primeiros montadores europeus entenderam que a mudança de ponto de vista era um processo que, como todo processo, demandava um lapso de tempo, e o espectador o assimilaria melhor com esse minúsculo e quase imperceptível salto. A diferença no procedimento passou despercebida até que começaram a se realizar co-produções, e causou inconvenientes quando começou a circular o *software* de montagem digital. Até hoje se discute qual dos dois sistemas é mais "realista".

Quanto à alimentação e à bebida, é bom não se cuidar demais, para depois não se ressentir do mais mínimo deslize. Seguindo esse raciocínio, é bastante óbvio que o melhor é não se cuidar nem um pouco. Com o que chegamos ao último ponto, cuja importância nunca seria exagerada: a respiração. O ar. Dentro e fora, dentro e fora, dentro e fora o tempo todo.

Aqui cabe uma descrição da arte de algumas cantoras modernas. Comprei todos discos que pude conseguir delas, e os toco em meu quarto-estúdio desde que acordo até que volto a dormir. É um velho hábito meu escutar repetidas vezes a música que eu gosto, até aprendê-la de cor. Como não tenho bom ouvido para a música, a quantidade de repetições que preciso é enorme, pode levar anos. Desse modo crio uma cena agradável, a do reconhecimento de algo extremamente familiar, e a renovo quantas vezes quiser. Felizmente, as gravações me permitem isso, e a tal ponto o permitem que a identidade das repetições constitui para mim um freqüente motivo de devaneio durante as audições. A "série" de cada disco recomeça incansavelmente dentro de meu tempo perdido, com cada nota em seu lugar. É como uma combinatória de milhares e milhares de partes, cuja recomposição é decidida de antemão. São como quebra-cabeças já montados.

A música contemporânea impõe novos desafios à atenção. Todos os elementos da música que antes se dirigiam à atenção foram descartados um a um, em sucessivos experimentos bem-sucedidos. Processo que também pode ser visto ao contrário: o que foi sendo descartado é tudo aquilo que poderia bloquear a atenção. (Não sou musicólogo.) Seja como for, por falta ou excesso de estímulos, a atenção perdeu terreno quanto a sua própria eficácia, e ficou à mercê de recursos externos a ela.

Voltando às cantoras: é para mim bastante assombroso que essas mulheres jovens, algumas ainda adolescentes, iletradas, de vida pouco edificante, quase sempre lindas, possam levar a cabo uma arte assim difícil, e fazê-lo em obras tão inovadoras, tão sutis ou tão brutais, tão revolucionárias. Suas vozes comoventes se aventuram no mais sublime da criação, em universos que inventam e nos quais se dissipam. Quase todas elas morreram, de overdose, ou suicídio, ou acidente, o que torna mais preciosa sua presença renovada.

Como é possível, aos vinte anos, ter chegado à maestria na arte maior, a mais radical, o alimento mais rico para a mente e a sensibilidade? Basta-me pensar no que eu era aos vinte anos para sentir o peso imenso do improvável. Mas tenho de render-me à evidência. Se em algum momento pensei que se tratava de um efeito da recepção, depois não tive outro remédio senão reconhecer que era mérito delas.

Levou-me a vida inteira admitir o que outros dão como certo de saída: a existência de superdotados. Podia aceitá-lo da boca para fora, dar a razão distraidamente a quem me falasse de uma pessoa assim, mas no fundo não acreditava em sua realidade. Quero dizer: na realidade real, aquela que podia me afetar fora de meu laboratório. No mundo dos livros, do saber em geral, eu sempre fui o primeiro a reconhecer, não apenas a possibilidade, mas a emergência habitual e abundante de superdotados. Mas, no fundo, sem me dar conta, eu os considerava uma ficção, em todo caso, uma ficção útil e necessária para fins de propaganda da atividade cultural e de estudo da história. Essa dissociação entre crenças declaradas e viscerais deveria ser posta na conta de uma duplicidade muito mais ampla em minha vida intelectual; mas também posso vê-la como algo mais grave, como um gesto de auto-engano. Pois, ao alojar os superpoderes, mesmo que inconscientemente, no campo geral da ficção, queria convencer a mim mesmo de que eu também podia possuí-los, como em meus devaneios. E assim evitava a prova da realidade, que tão funesta fora para mim.

Quando tomei consciência desse mecanismo, há poucos anos, muitas coisas começaram a se esclarecer. Foi uma dura prova para minha megalomania, mas teve suas vantagens: uma melodia começou a soar em torno de minha pobre cabeça. Senti-me no centro de um mundo de música, e passei a enxergar as mulheres sob uma luz nova. Comecei a ter mais respeito por elas.

Num sentido convergente, as pessoas com que me relaciono habitualmente em minha profissão apontaram, mais de uma vez, certa androginia em minha obra e até em minha personalidade. Nunca levei isso a sério; no nosso meio são tantas as coisas ditas sem a intenção de falar a sério... Eu desviava tudo para o plano fantástico, mesmo quando exteriormente o aceitava com sorrisos cúmplices.

Mas agora, na idade madura (agora que em boa medida "já não tem importância") comecei a me dar conta, não só de que é verdade, mas de que é importante, e de que minha vida não pode ser entendida por completo sem esse dado; e mais ainda, que minha vida jamais poderia chegar ao estágio da realidade plena sem levar em conta esse dado... E por que nunca o levei em conta, nem por um instante? Por acaso não me disseram isso, milhares de vezes? Agora volto a ouvir essas palavras, e percebo com moderado estupor que essas mesmas palavras, sem mudança alguma, ditas com a mesma entonação e até com a mesma intenção, podem passar do contra-senso ao senso, como numa representação teatral e na realidade.

Esse seria um bom motivo para me preservar, para tomar algumas precauções. Mas o cuidado da própria vida tem seus limites. Sempre pode haver um acidente, uma bala perdida... Da bala perdida não me sinto protegido nem nos espaços interiores. Nem sequer quando há uma escada de permeio. Por mais que a escada vá dando voltas para um lado e para o outro, e os degraus sejam do mais sólido granito, não estou a salvo de um tiro. Pode existir uma bala capaz de varar todos os materiais sem exceção; se fosse disparada para cima em um andar térreo, sua trajetória poderia "atravessar", além de meu cérebro, os vinte andares do edifício, com todos os objetos que se encontrassem em linha: andares, tetos, paredes, móveis, tapetes, canos, até sair pelo terraço, e depois se perder no éter.

31 de julho de 1995

A TROMBETA DE VIME

Estamos incapacitados para tomar conta de nossa própria vida. Existe um muro sólido entre a iniciativa que nós mesmos possamos tomar, ainda que inflamados pelas melhores intenções, e os efeitos que ela possa ter sobre a existência da pessoa que somos. É um giro impossível. A ação pode ter toda a eficácia que se queira sobre o mundo exterior, incluído o próximo de carne e osso, mas falha no intento de reverter sobre o agente. Basta voltar-se nessa direção, com a mera ilusão de tirar proveito de sua energia, para murchar miseravelmente e caducar.

Por isso precisamos que outros se ocupem de nós. Que nos levem e nos tragam, que nos vistam e entretenham, que nos digam o que temos que fazer. Somos crianças inermes, e toda nossa agenda se resume ao plano de nos colocarmos nas mãos de pais benévolos e atentos. Eles que se ocupem! Nós não podemos. Tendo ou não tentado, sabemos que não podemos e nos rendemos de antemão.

Existe alguma coisa de incompatível entre a intenção e quem a emite. Se a torcemos de volta a sua origem, ela se transforma num galho seco que só pode nos ferir: fincado com obstinação em nossa carne, nos transformaria em monstros ou criminosos. É melhor desistir.

Que os outros se ocupem! Que aja a piedade, a comiseração, o senso do dever. Nunca falha. Mais por medo que por altruísmo, ou por um cálculo de conveniência: porque o problema que somos, a carga que somos, só pode crescer, e, se não tomarem conta de nós agora, terão que fazê-lo mais tarde, quando será mais difícil e custoso. O tempo age a nosso favor. Entregamo-nos a sua onda gravitacional com o tremor da impotência.

E, no entanto, vivemos, trabalhamos, casamos, temos filhos...

Durante longos períodos seguimos em frente por conta própria, sem receber ajuda de espécie alguma. Inacreditavelmente, nos arranjamos. Entramos em algum canal de prosperidade objetiva, somos um a mais, fazemos o que todos fazem. Cria-se uma norma, e nos agarramos com unhas e dentes a seus termos, os quais, chegado o momento, hão de nos servir para fazer exigências. Enquanto isso, vivemos, e nossos filhos crescem... Mas para que nos enganar. Ninguém sabe melhor do que nós que é um simulacro, uma ficção. A autonomia é *pour la galerie* e, além do mais, provisória; a farsa não tarda em desmanchar-se no ar. A idade, as doenças, um acidente, uma desgraça que nos deprime (nunca falta uma razão) provocam incapacidades que, afinal, nos permitem deixar cair a máscara e ficar à mercê de quem estiver por perto. Nunca faltará quem se encarregue. Começam cuidando de nós em uma emergência, e depois já não podem deixar de fazê-lo, não os deixamos. É o curso natural das coisas: todos nos encaminhamos para isso.

Alguém poderia se dizer que nessa pintura falha a reciprocidade. Ela não existe. Do outro lado também se vai na mesma direção, que é só uma, quer se vá ou se venha. Se é necessário, absolutamente necessário, aceitamos cuidar dos outros. De má vontade, de cara amarrada, a contragosto, nós o fazemos. Mas é um simulacro do simulacro, uma ficção ao quadrado, o qual está dentro da natureza da ficção, que, para persistir além do instante de sua criação, deve passar a outros níveis, transmutar-se em suas "potências".

Olhando o problema em termos menos absolutos, poderia se dizer que é uma questão de maturidade. Mas então já não se pode generalizar, pois cada indivíduo amadurece a um ritmo diferente, e as diferenças são tão grandes que é impossível fazer inferências seguras. Além disso, mesmo em um indivíduo, o amadurecimento não se dá em bloco e sim por áreas, entre as quais também se estabelecem distâncias incomensuráveis.

A intuição popular acerta ao medir a maturidade de uma pessoa por seu traquejo nas relações sociais. Essas relações são regidas pela cortesia. Mas não se deve confundir: a cortesia é apenas um *ersatz* da maturidade, útil somente enquanto não houver uma maturidade genuína. Quando esta não chega, a cortesia continua fazendo seu papel na área das relações interpessoais até a velhice, como um patético simulacro da maturidade. Nesses casos, ao persistir para além de sua função, ao tornar-se definitivo o que era um instrumento descartável, a cortesia se esvazia de conteúdo e fica reduzida a uma casca, um formalismo, consumando-se no estado em que a conhecemos. Sua utilidade só se manifesta plenamente na juventude, quando a obediência às suas regras evita que cometamos inconveniências irremediáveis. Mas quando ela funciona bem demais, transformando-se em uma segunda natureza, torna-se um obstáculo para uma relação adulta e realista com o próximo. Para dissolvê-la, é preciso então recorrer à brutalidade e à selvageria, e é aí que descobrimos sua inaudita resistência.

A idade da educação do ser humano dura quase toda a vida. Nas margens se alojam um antes e um depois. O "depois" é o final, sempre prematuro e antecipado. O "antes", a infância, quando nem sequer a cortesia importa ainda. As crianças são como animais selvagens, que ninguém educa porque é inútil sob qualquer ponto de vista. Não registram o que lhes dizem; mal poderiam recordá-lo. Em relação a nós, são como seres de outra espécie, com os quais não há comunicação possível. E nem são tão pequenos assim. Quem dera o fossem! Já têm certa dose de independência e até de discernimento, que usam como uma arma contra nós. Entram em casa gritando na hora da sesta, acompanhados de seus amigos, seus pés inquietos ressoam no piso de madeira... As portas estremecem a casa, a televisão funciona a todo volume. Não há nada a fazer, nunca serão como nós, ou o serão em outra vida e em outro mundo. Para eles não importa se estamos tentando dormir, se tivemos uma noite péssima, se o sono em que depositamos tantas esperanças de renovação orgânica se faz esquivo... Que é que eles sabem disso?! Não saber não seria tão grave assim, pois poderiam aprendê-lo. É que não o suspeitam, nem lhes passa pela cabeça a possibilidade de que existam esses problemas, estão em outra dimensão. Não pensam. Não sabem pensar. E como poderiam saber? Deveríamos ter ensinado a eles, mas pensar em algo que se aprende desde muito cedo, desde o início, ou não se aprende nunca. E o início já passou e ficou para trás, há muito. Para recuperá-lo seria preciso voltar no tempo, fantasia irrealizável. Vítimas de um cansaço imenso, o esforço sobre-humano da pedagogia nos supera.

O que podemos fazer em face do ataque? Apenas nos retraímos, em um espaço interior sórdido e decadente, tentando passar despercebidos. Nesse canto empoeirado do castelo da mente não há perspectivas, nada se renova, tudo é o que era, indefinidamente. "Você nunca vai ser nada..." onde foi que ouvimos isso?

Se fosse possível iniciar alguma coisa, nos entregaríamos a um profundo e exaustivo estudo filosófico das causas de nosso fracasso. Como a filosofia, praticada do modo convencional, leva apenas a devaneios sem aplicação prática, optamos por um método não-livresco: o diálogo. Não o diálogo que poderia ser transcrito, ou ensaiado e representado, e sim o improvisado. Seu instrumento essencial não é a palavra, mas a escuta. A escuta profunda. É uma operação de índole musical. Escuta-se em profundidade o interlocutor: suas perguntas e respostas, seus balbucios e vacilações, o timbre da voz, a ressonância durante as pausas. Aí finca raízes o saber da vida.

Os participantes do diálogo revelam-se ignorantes, imbecis, frívolos. Seus problemas são tão mesquinhos que provocariam o riso se houvesse alguma distância da qual contemplá-los. Mas a profundidade anula toda distância: a escuta profunda efetua uma contigüidade total, mente a mente, pensamento a pensamento. Assim se revela a natureza do cosmo, mergulhando no fundo do diálogo.

Seja como for, basta um simples cálculo para seguir o fio de uma explicação racional de nossos males. Se as crianças não sofrem é porque não têm história; é, portanto, em nossa história que devemos procurar as causas. E, dentro das histórias pessoais, temos de investigar os detalhes aparentemente mais insignificantes, atentando para a máxima "pequenas causas, grandes efeitos". Sugiro fixar a vista em um detalhe em particular: os traslados, as mudanças de endereço. Não as que se realizam dentro de uma mesma cidade, mas as que implicam distâncias maiores, embora não se precise de muito. É raríssimo o compatriota que não tenha sofrido algo parecido em um momento de sua vida. Fomos estudar numa universidade, ou morar com parentes no campo ou na montanha, ou acompanhamos nossa mulher a sua província natal, nos ofereceram um cargo no norte ou no sul, a empresa para a qual trabalhamos nos transferiu para uma filial... Não importa se a distância é exígua: apenas um grau de latitude já se faz sentir, se não por nossa percepção consciente, sim por meio da infalível sensibilidade do corpo, e portanto da mente. Cada ponto do país tem sua ação própria e peculiar sobre o homem, conforme a altitude, o regime de chuvas ou ventos, a proximidade do mar e mil outros dados. De Nara a Yokohama, de Osaka a Tóquio, de Kioto a Nagoya... A circulação não tem fim. É verdade que nos adaptamos rápido, com pequenas mutações que passam despercebidas, mas os efeitos são gerais, dispersos em um pontilhismo de totalização. O que antes nos dava frio agora nos dá calor, a tontura da manhã vira dor nas pernas à tarde, o desânimo desloca-se alguns minutos, a insônia desliza algumas horas... Uma vez iniciado o movimento, nunca mais se detém, mesmo que tenha de ocorrer no vácuo. Tornamo-nos suporte de uma mudança constante. E a mente, que continua fixa, sofre.

Como escapar desses mal-estares, e de todos os outros que deles nascem? Como desligar-se dos problemas da vida? Teríamos que deixar cair as expectativas, os projetos, as ambições, as idéias; deixar somente os fatos, criar uma objetividade que integrasse tudo. Claro que essa renúncia não deveria ter lugar a partir de uma decisão deliberada, mas deveria ocorrer porque sim, por acaso, porque a Terra gira. Pois bem, devido ao próprio efeito objetivo que se deve conseguir, isso sempre acaba ocorrendo, sem termos que fazer nada de especial. Nem sequer é necessário estender a consciência para que cubra os estados de êxtase, pois somos feitos de tal maneira que uma resignação de temperamento se antecipa a qualquer ascetismo.

O problema se resolve no ar, no nada. Cada um tem seu estilo, e o estilo é tudo que precisamos. Os mestres são inúteis, e a mestria também: somos mestres, e não vale a pena que nos ensinem nada porque já o sabemos.

É por isso que nos comportamos como os jovens: vamos e voltamos, perdemos tempo, atarantados, desajeitados, ignorantes, sem experiência nem princípios; em nada nos importa o próximo, mas sempre estamos nos reunindo; fazemos coisas inúteis, trabalhos absurdos, sem lógica; não sabemos nos organizar; a cabeça vazia, puro impulso e vaidade; precipitados, inconstantes, destrutivos. E tudo isso conflui em, ou parte de, uma atitude essencial: não confiar nos outros, não esperar nada de ninguém. Ser autônomo. Recuperar o espírito pioneiro que a humanidade vem perdendo nos últimos cem anos.

Para dar um exemplo próximo: não esperar nada dos editores. O futuro, se é que existe um futuro, está na editoração eletrônica individual. Dentro em pouco, graças aos avanços técnicos, os livros poderão ser feitos em casa, todos poderemos fazê-los... Neste ponto, devemos nos perguntar: com que os livros são feitos? Se bem que a pergunta deveria ser: como que não são feitos? No limite, tudo é apropriado; qualquer assunto, qualquer intenção, qualquer atitude. Todos os livros são livros, mas todos são diferentes porque beberam nas inumeráveis posturas da vida social do homem. Continuam e continuarão a fazê-lo, enquanto existirem homens e livros. Nem é preciso se preocupar com a originalidade, pois seria virtualmente impossível ela não se dar. É como se o livro tivesse sido sempre um objeto experimental, a prova infinitamente renovada de uma particularidade absoluta. Um livro qualquer pode ser modelo de todos os demais; daí ser urgente estabelecer uma tipologia e ao mesmo tempo não ser nada urgente nem ter a menor importância. Os "tipos" de livro se estendem em todas as direções e através de todos os níveis: romances, catálogos, epistolares, manuais, ilustrados, de capa dura, de vinte páginas, de mil e setecentas, apaixonantes, para crianças, de poesia, de viagens, *best sellers*, gofrados, clássicos, em chinês, em papel de arroz... Posta ao alcance de todos, essa multiplicidade exige novas formas de erudição, tão novas que não podemos imaginá-las, mas que, no entanto, já estão em funcionamento.

5 de agosto de 1995

Quem quer "fazer" televisão, isto é, usar a televisão como meio para sua criação artística, deveria levar em conta uma diferença entre a televisão e qualquer outra arte de qualquer época ou nação (pelo menos que eu conheça): na arte, em qualquer arte, popular ou não, as obras são feitas segundo um ritmo ditado por seu processo interno de criação, enquanto a televisão exige uma quantidade fixa de obra, seja qual for essa quantidade, duas horas diárias ou uma hora por ano... Isso parece mais um problema para produtores ou diretores de emissoras que para criadores, pois se estes se limitassem a uma hora por ano não estariam em condições diferentes das de qualquer outro artista. Não obstante, penso que, se eles chegassem a essa conclusão, estariam trapaceando, ou melhor: não estariam usando o meio em sua característica fundamental, que é a ocupação do tempo em horários regulares e a um ritmo preestabelecido. Dessa característica procedem outras mais, não por subsidiárias menos inescapáveis. A transmissão televisiva se dá simultaneamente a outras transmissões televisivas (salvo no inconcebível país ou cidade onde houvesse um único canal), e sua recepção é necessariamente eletiva porque o tempo não se desdobra: é como as duas faces de um papel. É verdade que toda arte enfrenta uma concorrência, mas na televisão esta é excludente. (Deixemos de lado expedientes como gravar um programa enquanto se assiste a outro, ou esperar as reprises: vamos ao fato em si.) A concorrência televisiva é uma guerra de tudo ou nada, e na guerra vale tudo. Daí o recurso aos chamados "baixos instintos" do público, ao sensacional, ao exacerbado, à ladeira fácil, ou seja, enfim, a tudo o que tem feito a merecida fama do meio. (Entre parênteses, digamos que, se as outras artes em geral não caíram tão baixo, não foi por uma superioridade moral de seus praticantes, mas porque não precisaram disso.) E outra característica a levar em conta: diferentemente das outras artes, na televisão avaliam-se as preferências do público somente em relação aos produtos que lhe são oferecidos, não em relação àqueles que poderiam oferecer-lhes ou lhes oferecerão. Isso se verifica não apenas na televisão como fato social mas também como meio artístico, por causa da irreversibilidade do tempo real. Neste ponto dá-se um paradoxo que considero a chave do problema. Numa arte qualquer, sempre está latente a possibilidade de voltar a fazer a obra, e fazê-la melhor ou de outro modo. Não importa o grau de dificuldade tecnicamente, por exemplo, de esculpir o mármore ou tocar *Gaspard de la nuit*, ou o que quer que seja: não está fora do terreno do possível que, com paciência e bons mestres, eu ou meu vizinho possamos fazê-lo também; isso se deve a uma peculiaridade do fato artístico, qual seja, a transparência de seus meios de produção. Até o cinema entra nessa categoria, pois seu funcionamento básico, ótico-mecânico-químico, comporta o primitivismo. A televisão, ao contrário, é incompreensível. Ninguém pode saber como captar imagens e transmiti-las à distância, pelo ar ou por cabo. E aí está o paradoxo, que é o mais compreensível dos paradoxos, mas não deixa de ser um paradoxo irredutível: enquanto, para executar obras de qualquer arte, é preciso certa capacidade, ou dom, ou aprendizagem, a obra televisiva pode ser feita por qualquer um, sem nenhuma restrição, até por gente que não domina os fatos básicos da vida.

Tendo em conta tudo o dito acima, quero propor um roteiro para um "especial" de televisão. Dura uma hora, e não me parece que seja muito caro de fazer. O custo maior estaria na contratação dos atores; mas seria compensado pelo fato de serem apenas dois, sem coadjuvantes nem figurantes. Também se economizará em cenários e gravações externas, pois tudo acontece em uma única sala.

Os dois atores, sim, teriam que ser dos bons: com experiência em teatro sério, em cinema e, se possível, em *varietés* e em circo. Maduros, nem velhos nem jovens, de bom porte, fortes, com grande presença. Atores de raça, de quem se pode esperar essas formidáveis "criações de espaço" que surgem naturalmente nos bons atores. O ideal seria que fossem duas figuras populares, para que o público conhecesse dados de sua vida privada, e que em algum momento tivesse havido algum enfrentamento entre os dois, por causa de algum conflito de bastidores, ou de uma mulher, ou, melhor ainda, por sua atuação política; um deles poderia ser um conhecido militante dos Direitos Humanos, e o outro um abjeto lambe-botas de ditadores fascistas (sem que ninguém, nem eles próprios, ponha em dúvida sua condição de excelentes atores).

Também poderiam ser bonecos em tamanho natural, já que não fazem o menor movimento (nem sequer dos olhos) durante todo o programa; mas não preciso enumerar as vantagens do fato de serem atores de carne e osso, atores prontos para o drama, para a expressão, "tomados" em tempo real, atuando sua imobilidade.

Um deles é o famoso Doutor Gravatinha, cientista genial (a forma de seu pequeno bigode preto é justamente a de uma gravata-borboleta); o outro, seu arquiinimigo Capitão Prego, magro, duro, inflexível. O cenário: o laboratório secreto do Doutor Gravatinha. Mas antes de continuar, será preciso explicar sumariamente a causa da imobilidade a que ambos estão submetidos. Essa explicação pode ser transmitida em um texto que role lentamente sobre um fundo preto antes do início da "ação". O Capitão Prego, cujos planos de dominação do planeta foram tantas vezes frustrados pelo Doutor Gravatinha, conseguiu descobrir a localização do laboratório secreto deste último (na Antártida) e, depois de destruir os sistemas de segurança de alta tecnologia que protegem a entrada, acaba de irromper no *sancta sanctorum*, pegando sua vítima desprevenida. Prepara-se para lançar um raio de prótons contra a cabeça de seu odiado inimigo, já tem o dedo sobre o botão disparador... Mas acontece algo inesperado. O Doutor Gravatinha estava fazendo experiências com um gás paralisante de sua invenção; esse gás é produzido pela combustão de uma erva que pode ser fumada sob a forma de cigarro; justamente, o inventor estava testando se o gás inalado, tomando certas precauções que só um iogue pode tomar, não fazia efeito; o experimento resultara bem-sucedido, e o Doutor Gravatinha estava prestes a exalar a fumaça dentro de uma proveta hermética quando o outro irrompeu porta adentro. A própria surpresa o fez abrir a boca, o gás se espalhou e os dois ficaram paralisados. O Capitão Prego não teve como saber o que tinha acontecido, mas adivinhou a ação de algum gás, que imaginou lançado por algum dispositivo automático (não importa). Ficou estático, com o dedo ainda apoiado no botão do raio de prótons mas sem poder apertá-lo. E viu, para seu imenso alívio, que sua vítima ficara no mesmo estado. (O Doutor Gravatinha sofreu os efeitos do gás porque, ao exalá-lo pela boca, inalou-o pelo nariz.)

Aí tem início o programa. Os dois ficaram como estátuas, cada um na postura em que estava durante a fração centesimal de segundo em que uma partícula de gás penetrou em seu trato respiratório. É como se um filme tivesse sido congelado em um fotograma escolhido ao acaso.

Muito bem, aí ficam. Estavam olhando-se nos olhos nesse instante, e assim continuam porque os olhos (as pupilas) tampouco se mexem. O Capitão Prego não sabe quanto pode durar o efeito; em geral, esses gases agem durante poucos minutos, mas com esse cientista genial nunca se sabe. De qualquer modo, ele está com o indicador sobre o botão, o canhão do raio protônico está apontado, e lhe bastará recuperar o mínimo movimento para pressioná-lo e fazer a cabeça do outro desaparecer para sempre.

O Doutor Gravatinha, por seu lado, tampouco sabe quanto pode durar o efeito paralisante. Esse gás estava em uma fase experimental, e ainda faltava fazer os testes referentes à persistência. A única coisa que ele sabe é que seu mecanismo de ação é convencional, ou seja, que a paralisia durará mais naquele que pesar menos. Os dois têm um físico muito parecido, mas certamente um deles pesará um pouco mais que o outro. Mesmo que sejam alguns gramas, a diferença se traduzirá em alguns segundos a mais ou a menos, que bastarão para que o outro o mate ou para que ele o desarme e controle.

O Capitão Prego, claro, veio em sua cadeira de rodas de tecnologia de ponta. Há muitos anos tem o corpo inteiro paralisado; ficou assim por causa da bomba de elétrons que o Doutor Gravatinha lançou sobre seu quartel-general, a explosão aniquilou todo seu exército (agora ele é capitão de um exército de fantasmas: homens sem elétrons) e o deixou preso a sua cadeira de rodas pelo resto da vida. Essa cadeira dispõe de todos os mais avançados recursos da computação e da guerra, o que lhe permitiu prosseguir seu combate perene.

Pois bem, os dois se olham fixo, Gravatinha de pé, Prego em sua cadeira de rodas, atentos… A atenção é necessária, é vital, porque a interrupção da paralisia terá lugar a qualquer momento, sem aviso, e tudo se decidirá nos primeiros segundos de libertação.

Vou logo avisando que a libertação da imobilidade não ocorrerá nos sessenta minutos da transmissão. Ocorrerá depois, sem dúvida, mas o desenlace ficará a cargo das suposições do público. De qualquer modo, isso não tem importância, pois não passam de personagens fictícios. No próximo episódio, Gravatinha e Prego voltarão a se enfrentar em outras circunstâncias, e não se voltará a falar desse caso.

Mesmo sem resolução, ou justamente por não haver uma, o suspense existe. Tudo depende de qual dos dois irá recuperar primeiro o movimento, isso depende do tempo que vai passando, torturante e carregado de ameaças. É difícil levar a sério esses personagens ridículos de quadrinhos, mas o tempo se desprende da ficção e é a coisa mais séria que pode existir. O tempo da televisão deve ser levado a sério, não há outro remédio, mesmo quando não se leva a sério a televisão mesma.

Por mais profissionais que sejam os atores, ninguém agüenta sem pestanejar ou fazer algum gesto involuntário durante uma hora inteira, nem durante uma fração de uma hora. Para evitar problemas nesse sentido, sugiro filmá-los durante não mais que quinze segundos, que podem ser repetidos, uma vez para a frente e depois para trás, duzentas e quarenta vezes seguidas, perfeitamente unidas.

É tanto o ódio do Capitão Prego por seu arquiinimigo que sempre o derrota, e a quem responsabiliza por sua miséria física e pela aniquilação de suas tropas, que pôs sua cabeça a prêmio: nada menos que 47 milhões de dólares para quem o matar. Ele não tem essa quantia, embora seus recursos sejam ilimitados, mas sabe que, se existe alguém que pode matar o Doutor Gravatinha, esse alguém é ele e mais ninguém, e a si mesmo não tem necessidade de pagar nada. O que ele não sabe é que o Doutor Gravatinha, por seu lado, ofereceu uma quantiosa recompensa (172 milhões de dólares) para quem conseguir neutralizar definitivamente o supervilão. Ele também não dispõe dessa quantia, mas espera reuni-la com doações de todos governos do mundo, que deveriam ficar muito gratos por se verem livres da ameaça encarnada por Prego. Dentro da lógica aberrante que os domina, nenhum dos dois percebeu que esses valores são excessivos e que uma centésima parte deles bastaria para qualquer pessoa viver feliz pelo resto da vida. A soma total chega a 219 milhões. O gás, esse gás paralisante, atua somente nos músculos, não nos nervos, nem na percepção, nem no pensamento. Os dois estão perfeitamente conscientes; na verdade, mais conscientes do que se dispusessem de sua capacidade motora. A única coisa que continua ativa neles são suas sinapses cerebrais, e estas estão ferozmente ativas, tanto que sua ação se torna visível. Em circunstâncias normais, a ação das sinapses só pode ser percebida, de fora, nos efeitos imediatos que produzem: gestos, discurso, obras, cidades, descobertas, história. Para chegar a esses resultados, devem passar por diversos estágios físicos de "tradução", mas se o organismo está inibido, como ocorre neste caso, a atividade das sinapses se limita a um jogo sem conseqüências, que ninguém pode ver, é claro, mas sim imaginar, talvez como um circuito de luzinhas coloridas que piscam, ou como uma cintilação ou formigamento de intensidades, velocidades, conjunções e configurações.

Na transmissão, esse funcionamento "em si" das sinapses pode ser representado por meio de interferências na imagem. Todos vimos alguma vez as interferências que acontecem nas transmissões via satélite, equivalente moderno da velha estática do rádio. A tela se enche de quadradinhos coloridos, de pontos que formam estranhas arquiteturas momentâneas, riscos horizontais que sobem e descem aos trancos e "varreduras" que limpam a tela e tornam a preenchê-la. Isso deve ser fácil de simular, talvez mexendo em alguns botões ao acaso. Pois bem, a cena que descrevi no laboratório secreto do Doutor Gravatinha deve ser coberta por essas falsas "interferências" durante toda a transmissão, a intervalos irregulares, e variando, também de forma irregular, sua intensidade e duração.

O público entenderá perfeitamente que se trata de uma representação da atividade cerebral dos personagens. Com isso se estabelece uma espécie de "transparência" de funcionamento da representação. O único ponto um pouco mais intrigante é o seguinte: os personagens são dois, e seus cérebros são dois, mas a representação é uma só. Mas isso, afinal, é bastante lógico: do mesmo modo poderia se dizer que as pessoas são muitas, e a realidade é uma só.

E mais: neste caso não se trata apenas de dois cérebros, mas de três. Porque no cômodo contíguo ao laboratório encontra-se a salinha de estar privada da velha governanta do Doutor Gravatinha. O Capitão Prego, embora ciente de sua existência, não se deu ao trabalho de neutralizá-la, pois a sabe inofensiva. A velha é surda, e seu único passatempo é assistir à televisão, que agora está ligada, como sempre, no volume máximo. O áudio dos programas que ela escuta, portanto, entra claramente no laboratório, e também na transmissão. Como a pobre senhora sofre, além disso, de arteriosclerose, não se concentra em nada e muda de canal o tempo todo com o controle remoto. Os canais que ela sintoniza são os que existem na realidade, e os programas que ela olha, e que se escutam no laboratório, são os que estão passando na mesma hora nos outros canais; o público poderá comprová-lo acionando seus próprios aparelhos de controle remoto. E mais: poderão acompanhar mais ou menos, ao sabor do dedo da velha, os programas que estejam transmitindo, e assim entreter-se durante essa hora (se não seria um tédio). Pois bem, como o *zapping* da velha é irrestrito, também passa por esse canal, onde nesse momento estão transmitindo o *show* do Doutor Gravatinha e do Capitão Prego, e essa mesma aventura... Cada vez que ela passa pelo canal, se desata uma onda de interferências como fogos de artifício, loucos e multicoloridos, na tela. O que poderia ser fruto do alarme que provoca no cérebro dos dois personagens a possibilidade de que a velha veja os dois e tenha, por uma vez, a suficiente lucidez para a "sair" da ficção e dar-se conta do que está acontecendo, e depois voltar a "entrar" e intrometer-se em seu duelo pessoal, com conseqüências imprevisíveis.

9 de agosto de 1995

Comecei a dominar o latim espontaneamente, sem nenhum estudo além dos rudimentares que recebi no colégio e que ficaram adormecidos no fundo de minha memória durante décadas. Agora, sem aviso nem intenção de minha parte, as frases me vêem à boca, a sintaxe latina torna-se natural, as declinações se encaixam por si só. Uma frase qualquer que aflora no meu pensamento ao longo da jornada se traduz para o mais puro latim clássico, elegante, fluido. Não me falta vocabulário, nem uma prosódia correta. Poderia manter uma conversa com um romano antigo. Tenho solilóquios em latim. E esse jogo secreto vem acompanhado de uma intensa alegria. Isso porque o considero uma recompensa milagrosa a uma vida dedicada à leitura e ao estudo. Na realidade, não é um milagre; no fundo, não acredito que tenha nada de sobrenatural. Afinal, nossa língua vem do latim, e talvez sabê-lo sem estudá-lo seja o resultado natural do trabalho com a língua e do amor por ela, como se ela mesma revelasse sua origem ao atingir a maturidade em uma mente assídua.

"Recompensas" como essa (e há outras), não sei se preencheriam os requisitos de uma justiça exigente. Não posso pôr em sua balança coisas tão incertas. Os "prêmios" ao fim de uma vida dedicada à literatura são bastante incoerentes, quase surrealistas. Nunca se parecem com o que poderia esperar em termos razoáveis. Até agora, não ganhei dinheiro. Nesse aspecto, continuo no mesmo lugar em que estava aos vinte anos, ou seja, no zero, tendo que ganhar meu sustento com o trabalho de cada dia. Se não trabalho, não ganho; pagam-me exatamente pelo que faço. E preciso do dinheiro para continuar vivendo. Esse mecanismo exigente me deixa sem tempo para escrever. Com o passar dos anos, foram-se acumulando inúmeros projetos literários que nunca poderei realizar, enquanto não mudarem as circunstâncias. Um dos mais antigos, acariciado desde a infância, é o de escrever tratados de ciências naturais, organizados por assuntos (um por volume). Gostaria que fossem longos, com não menos de quinhentas páginas cada um. Assim poderia deter-me o quanto quisesse nos detalhes, fazer digressões que não seriam digressões, dar exemplos que não seriam exemplos, estender-me em cada ponto com a paciência luxuosa de um miniaturista, de tal maneira que cada meandro do assunto tivesse a quantidade de páginas que tiveram meus romancezinhos, mas não fossem romancezinhos bobos e sim passagens bem equilibradas de obras grandiosas, minha homenagem à Natureza, meu tíquete de entrada na realidade. Seria exaustivo, e sei que posso sê-lo. Tenho uma enorme capacidade de trabalho. Posso ler, tomar notas, escrever, em um dia, mais do que qualquer um de meus colegas em uma semana. Em casa riem de um desejo meu de que costumo falar: ter um caderno de mil folhas. Já sei que ninguém os fabrica. Mas, e eu com isso? Todos me chamam de exagerado. Como poderiam ver quão profundo é meu sonho?

Talvez chegue a escrever esses tratados. Quem sabe. Nunca é tarde. Tenho pensado no assunto do primeiro: as cigarras da terra, e as do mar. Poderia começar hoje mesmo, nesta tarde gelada de inverno, usando como música de fundo na imaginação o canto das cigarras escandalosas das árvores da rua Bonifácio, que escuto todo verão de sol a sol. Durante anos pensei que eram pássaros, tão pouco observador que sou: vivo mergulhado nos livros, e não sei o que acontece a meu redor. Quando o descubro, por acaso, porque alguém me conta, o dado passa automaticamente para uma de minhas ficções, e passa de forma bruta, tal como o recebi, sem elaboração. São pedaços de realidade incrustados em um sonho.

Estou usando metáforas, um pouco ao acaso das frases. Não gosto de fazer isso, mas é inevitável, foi assim até agora. Esse projeto dos tratados acho que seria o caminho para reconduzir todas as metáforas a sua origem, e por fim tirar do avesso todo meu trabalho mental. Se agora me vejo forçado a dizer, com uma leviandade irresponsável que me espanta, "pedaços de realidade incrustados em um sonho", ao longo do grande trabalho que anseio, a viagem estelar desses "pedaços de realidade" seria relatada do desprendimento até o choque, em todo o maravilhoso desenrolar de seu *continuum*. Então todas as metáforas revelarão sua matéria real, como o latim se revelou em mim. Já não haverá mais metáforas; não poderá haver. Nem exemplos. Em meu devaneio erguem-se grandes árvores carregadas de cigarras se esgoelando. O fato de um livro não poder conter sons já não será um inconveniente. A mesma coisa com as cores, ou qualquer outro objeto dos sentidos; ou com os fatos, as aventuras. Já não será necessário tentar produzir "efeitos", porque os tratados serão a restituição do *continuum* dimensional do mundo. CHK... CHK... CHK... CHK... CHK... CH-R-R-R-R-R-R-R-R-R-R-R-K... O silêncio do meio-dia. O Equador. Esses livros serão extensíssimos não por causa de uma prosa enfeitada e empolada, nem à força de conversa mole ou casos intercalados. Muito pelo contrário! Trata-se de ir direto ao assunto, no estilo mais econômico e impessoal. Mas há muito a dizer. Tanto, que não vejo como se poderia chegar ao final. De onde vêm as cigarras? Para onde vão? Como atuam? Acima de tudo: como evoluem? Seriam, essencialmente, compêndios de evolucionismo aplicado.

A evolução afeta não apenas a espécie, mas todos os elementos que fazem parte dela, os elementos que lhe "pertencem", justamente por ação do processo evolutivo, que é o fio de ouro do *continuum* ou simultaneidade. O canto nasce então de seu próprio sentido, e nasce completo e inteiro, em todas as suas atualizações e repetições. Aqui se pode ver a economia de que eu falava: já não é necessário perder tempo em descrições ou transcrições aproximativas. Ao contrário, o tempo vem se render ao pé do livro, os milhões de anos de cada detalhe, domesticados e serviçais.

E tudo isso duplicado ao contrário no mar, as árvores de ponta-cabeça, as raízes à flor da espuma, as copas no fundo do pélago, olhando para as fossas. Carregadas elas também de cigarras insistentes. A acústica da água. O telefone das baleias.

A evolução é uma mudança cultural. A pessoa pode ficar coxa de tanto ler livros, ou albina de tanto escutar música, ou pode nascer-lhe um terceiro braço, ou dotar-se de um casaco. Nada se exclui *a priori*.

O teatro de sombras de Java é bastante portátil, só que é preciso instalá-lo, como uma casinha. Mas suponho que poderiam ser feitos menores, simplificados; talvez já os tenham feito assim também. Por outro lado, é possível que a manipulação das sombras exija um determinado tamanho, abaixo do qual seriam indecifráveis ou confusas. O mesmo vale para a duração de cada representação, que, segundo li, é descomunal: uma noite inteira, oito horas, dez horas. Os episódios do Mahabarata que lhes servem de argumento são complicadíssimos. Mas se pressupõe que o público os conhece de antemão, já que fazem parte do acervo tradicional de histórias de sua cultura. Portanto a representação poderia ser brevíssima, dando quase tudo por subentendido. Também aqui pode haver exigências implícitas, mínimos a respeitar. É possível que em cada representação se tenha que representar também (e isso só possa ser feito com tempo) a evolução da espécie "sombra", da espécie "personagem", etc.

Essa dialética do grande e do pequeno, do breve e do prolongado, tem seu campo de realização no artista, que é um só; porque esses teatrinhos de sombras são sempre operados por um único homem. Ele faz tudo: manipula os bonecos ou silhuetas atrás da tela, faz as vozes de todos os personagens, os efeitos especiais, e até a música. Como não há ponto nem assistentes, ele deve ter na mente todo o desenvolvimento da ação, com seus intrincados enredos de traições, revelações, duplas personalidades, mal-entendidos, bem como as tramas paralelas e a psicologia e relações de parentesco e poder das dezenas de personagens. Intercalados aos diálogos, monólogos, duetos de amor e recitados, nas obras nunca faltam cenas de ação, duelos com monstros (estes costumam ser pesados e complicados, com duas e até três varas para acionar suas estranhas anatomias), ou batalhas de exércitos, que, além de turbilhões de sombras, exigem uma multiplicação de ruídos e gritos. E sustentar tudo isso, mantendo a atenção do público, criando interesse, provocando risadas ou calafrios, durante uma noite inteira, deve significar um esforço sobre-humano. Entre o público certamente há *coinnosseurs*, que assistiram aos melhores teatros de sombras de seu tempo e podem julgar com conhecimento de causa. E alguma vez hão de dar sua nota mais alta ao que acabam de ver; ou até muitas vezes. Quer dizer, então, que o artista é bom, que está à altura dessa tarefa que nos parece quase impossível. Eu diria que é necessário preparar-se com uma ginástica e uma dialética adequadas, pois o dom não basta. Se bem que não parece impossível que em alguma ocasião, por causa de um compromisso assumido, o artista tenha de encarar uma dessas veladas em mau estado físico ou mental, doente, preocupado, febril, com uma virose ou com estafa. Se a evolução existe, então está operando sempre sobre o indivíduo, e o artista durante a execução também é seu suporte; não só porque a atuação dura muitas horas: seria a mesma coisa se durasse um minuto.

A frase anterior parece derivar de uma idéia bárbara da evolução. Na verdadeira teoria darwinista, o indivíduo é o ponto de chegada de toda evolução, o estágio onde a atividade da evolução se anula. Mas acredito que ela se anula para preparar melhor, sem distrações, o passo seguinte. O máximo de trabalho se dá no máximo de anulação; o indivíduo mais complexo e definitivo é o verdadeiro criadouro de monstros. O artista do teatro de sombras, asceta formidável, suporta cascatas de evolução.

A inclinação que ele imprime aos bonecos produz diferentes densidades de sombra, claro-escuros que dão uma ilusão de volume. É muito difícil, mas pode ser feito. Os espectadores o vêem feito, vêem a façanha realizada. Daí, resta apenas olhar para trás; para a frente, seria difícil imaginar algo superior. É assim que funciona a evolução. Quem conseguiu o mais difícil, bem pode conseguir o mais fácil, que é todo o resto. Essa é a regra de ouro dos romances de aventura.

Os poderes de todas as épocas e todos os países usaram artistas para embelezar seus palácios e templos, para divertir ou deslumbrar seus convidados, e em geral para confirmar sua dominação. A convivência do poderoso e do artista sempre foi problemática, porque o segundo costuma provir do conjunto mais casual da sociedade, de qualquer extrato, incluídos por vezes os mais humildes ou degradados, embora a classe média seja a mais produtiva. Se fosse possível produzir artistas à vontade, o rei teria um filho extra e o destinaria para a arte, como faz com a milícia ou o clero. Mas não é tão fácil assim. O artista nasce em qualquer lugar, em berço de ouro ou de palha, é filho de neurocirurgiões ou de ladrões. Quase nunca fala a mesma língua que seu patrão, é raríssimo que compartilhe seus valores e pontos de vista. Daí surgem os problemas, agravados porque a psicologia do artista costuma ter traços de loucura, que se manifestam nas mais variadas formas de rebeldia ou mania. Também pode ser que existam artistas perfeitamente adaptados e obedientes. O problema que então se apresenta ao poder instituído é o seguinte: convém convocar artistas submissos, seja qual for sua qualificação na arte que praticam, ou grandes artistas, seja qual for sua disposição moral? Esperar que as duas coisas coincidam é perda de tempo; pode até acontecer, mas será um caso em um milhão. Deve-se escolher. A primeira alternativa parece de longe a mais plausível: os patrões não têm um gosto refinado (por que haveriam de tê-lo?), e o artista puxa-saco, que as probabilidades fazem bastante ruim, tem todas as chances de satisfazê-los mais, não só do ponto de vista político e doméstico, mas também do artístico, com obras óbvias, servis e vistosas. Mas escolher um realmente bom satisfaz a evolução.

18 de agosto de 1995

AS DUAS BONECAS

Evita tinha duas bonecas "Evita" em tamanho natural, que mandara fazer especialmente, idênticas a ela e entre si. Precisava delas por causa da quantidade de atos a que devia comparecer, em razão da importância de sua figura no ritual peronista. A idéia original era mandar fazer só uma, para que ela pudesse se duplicar e satisfazer mais gente com sua presença; mas depois pensou que com o mesmo esforço necessário para fazer uma podiam fazer duas, o que lhe daria mais margem de manobra. Na realidade, feita uma, também poderiam se fazer dez, ou vinte, ou mil; mas limitou-se a apenas duas porque com duas suas necessidades seriam cobertas, e achava um pouco chocante a idéia de ter uma legião de réplicas. Aos alemães que as fizeram, disse que queria as duas igualmente perfeitas, pois, como nunca se sabe o que vai acontecer, ela nunca saberia qual das duas deveria utilizar. Não queria ter uma melhor que a outra, a "favorita" e a "sobressalente", mas duas bonecas iguais. E as teve. Foram entregues em suas respectivas caixas de níquel, com fechaduras de segurança, e depositadas em uma sala de acesso restrito na Residência Presidencial. Os camareiros da Senhora tiravam uma ou outra, às vezes as duas ao mesmo tempo, segundo as necessidades da agenda, e durante anos cumpriram suas funções sem que ninguém notasse a substituição. Eram espantosamente pequenas, mas as medidas estavam bem tomadas, correspondendo até o último milímetro ao modelo. A realidade sempre é ligeiramente mais estranha do que se espera. As multidões fervorosas que a viam aparecer em pessoa diante de seus olhos a agigantavam, e preenchiam com ela todo o espaço de sua memória, para sempre. As instruções aos fabricantes foram seguidas à risca: conseguiram a perfeição. Mas acontece que a perfeição, como todos os absolutos, é uma questão muito escorregadia. Eram perfeitas, isto é, eram idênticas, mas esse traço não era recíproco. O que, num dado momento, provocou um acidente muito triste, que, felizmente para o regime, permaneceu em segredo.

Aconteceu numa dessas cerimônias, entre grotescas e comoventes, tipicamente peronistas, que tinham lugar quase todos dias num dos bairros populares da Grande Buenos Aires. Nesse caso tratava-se da inauguração do campo recreativo de um sindicato. Era um lindo fim de tarde de primavera, às sete. Anunciara-se a presença de Evita, e lá foi uma das bonecas... E a outra. Pois, por causa de um mal-entendido do pessoal responsável, mandaram as duas, vestidas com o mesmo *tailleur pied de poule* branco e preto, o mesmo chapeuzinho, os mesmos sapatos de camurça preta, cada uma em sua respectiva caravana de Cadillacs e motocicletas que partiram com dois ou três minutos de diferença.

O bairro inteiro a esperava. Os bumbos faziam latejar o chão e as casas. Por um alto-falante ouviam-se avisos e tangos... Uma característica do peronismo foi que não se propôs a dominar o mundo, mas só a Argentina. Isso bastou para fazer da Argentina um mundo: o mundo peronista. O sol se punha atrás das casinhas vazias, no fundo das ruas de terra batida. Os pássaros cantavam nas árvores do parque sindical. A multidão se inflamava na expectativa... E de repente a anunciaram! Já estava aqui! Um grito unânime brotou das gargantas e milhares de lenços se agitaram. "Evita" acabava de aparecer no palanque, mais linda que nos sonhos onde vivia, mais real que a esperança. Como acontecia sempre que ela se apresentava, ninguém podia acreditar por completo. Eles a tinham tão presente, todos dias... Sua realidade de certo modo distorcia a percepção, e foi por isso que ninguém se deu conta de que havia duas.

As aclamações se transformaram naturalmente na marchinha peronista, e depois começaram os discursos. Na primeira fileira, ladeando "Evita": o bispo, o prefeito, o secretário do sindicato, a representante da ala feminina, deputados, secretários provinciais e penetras. O público, extasiado, tinha os olhos fixos na Senhora, em uma ou na outra. Os corações diziam "Presente!".

Era a primeira vez que as bonecas se viam entre si (e foi a única). Estavam atônitas, pois ambas ignoravam a existência da outra. E a ignoravam na medida em que podiam fazê-lo, em sua limitadíssima psicologia de objetos, que nessa circunstância tocou seus trêmulos extremos. Enquanto acenavam, e cantavam a marcha, e voltavam a acenar, notaram que todos seus gestos eram os mesmos, que se moviam ao mesmo tempo e faziam tudo igual. Quando o Ministro do Trabalho começou a discursar, as duas fitaram o mesmo ponto do vazio, com o mesmo gesto cortês de cansaço. Tinham decidido ignorar-se, pois parecia a única coisa razoável a fazer, mas a curiosidade foi mais forte. Voltaram-se uma para a outra, encararam-se francamente, com a mesma dúvida nos olhos. Mas como era difícil falar, fazer uma pergunta ou respondê-la sem que a outra não fizesse igual e ao mesmo tempo! Qualquer pergunta que uma pudesse fazer, a outra também faria, e não valia a pena ouvir a resposta, pois seria o que ela mesma responderia. Era uma cascata vertiginosa, todo o diálogo se antecipava a si mesmo e se consumia em um fogo de revelação: ela não era a única, e isso significava que não era ela. Uma tristeza imensa a invadia, seu tolo narcisismo de boneca se dissolvia, e não deixava nada de seu lugar. Era quase como se o mundo inteiro se dissolvesse e virasse nada: a tarde de primavera, o povo, a Argentina... Tudo se tornava atrozmente transparente, um deserto que de agora em diante deveria atravessar sem esperanças, sem ilusões.

O pôr-do-sol espalhara por todo o céu um intenso rosa, que se derramava na terra e que afetou sua natureza de bonecas. Corriam lágrimas por suas faces, e o povo reunido em frente ao palco também chorava, não sabia por quê. Era a infância da Argentina, a idade dos brinquedos.

21 de agosto de 1995

CÉSAR AIRA, O AUTÔMATA DO PRESENTE

Adrián Cangi

> Toda obra de arte é a introdução aos sistemas precários em movimento.
>
> *César Aira*

> É uma vergonha que eu, a pessoa menos cosmopolita de seu tempo, seja a única que possa demonstrar que a nossa literatura sempre foi universal, quase eterna, como a obra extraordinária de César Aira.
>
> *Milita Molina*

Começamos com uma evidência, A trombeta de vime *é um conjunto de prosas datadas entre junho e agosto de 1995 e editadas em 1998. É a obra de número trinta que César Aira (Argentina, 1949) escreve com 49 anos e à qual seria preciso somar sete mais, até o presente. É a terceira publicada em 1998 conjuntamente com* Las curas del Dr. Aira *e o ensaio* Alejandra Pizarnik, *embora sua data de escritura nos remeta a aparentá-la, entre outras, com* Un episodio en la vida del pintor viajero, *de 1995 e editada em 2000. Também com* Los dos payasos *e* La fuente, *editadas em 1995, embora antecedam em sua escritura. Cultor dos gêneros mais variados e das literaturas menos esperadas, sempre elaboradas a partir dos limites: de uma anacrônica gauchesca, passando por uma ficção científica desvairada, até a literatura de aparições e de aventuras. Como constante, a marca de uma literatura filosófica ou auto-reflexiva sobre o ofício de escrever. Escolhemos essas prosas para introduzir a obra de Aira ao público brasileiro — embora até o presente momento tenham circulado em português* O vestido rosa, *1986 (Iluminuras) e partes selecionadas do* Diário da hepatite, *1993, publicado na revista* Medusa — *porque pretendem, inclusive com vontade de induzir ao erro, ser fragmentos de uma biografia de escritura. Esclarece Aira, apressado, com lento gesto de humor e certeira leveza, em* Diario de un demonio: *"Não é que eu tenha um diário e este seja um fragmento. Ou melhor, sim tenho um diário, mas é este. Começo hoje e hoje eu o término. É um diário de um só dia, e não poderia ser de outro modo: hoje fica dito o que vai ser o resto da minha vida, e me bastam umas poucas linhas para dizer tudo o que foi minha vida até aqui".* Tratam-se essas *prosas de um diário secreto narrativo, onde se registram biograficamente lampejos reflexivos, uma filosofia de impressões de ofício sobre a literatura?* O próprio peso da realidade se impõe, *trata-se, antes de tudo, de um fragmento com a forma de prosas breves, produzido por uma máquina de escritura, desaforada e excessiva, nos dirá, de um aparato que expõe o automatismo da escritura.* Mais precisamente, de um dispositivo que percebe que a imaginação não pode operar a não ser a partir da composição de elementos providos pela realidade. *Talvez, agudizando a frivolidade, possamos afirmar sobre essas prosas que se trata de um verossímil de intenso realismo. Todas começam com alguma contingência imediata, algo menor, insignificante e que não prospera ou o faz com esforço até que, de repente e por um triz, o fluxo narrativo se interrompe para introduzir, como numa massa folhada, exemplos inúteis, como quem não quer nada, sonhos hilariantes, fantasias monstruosas, recordações tangenciais, melancolias reflexivas, para conformar textos que funcionam como mistos carentes de proporção, onde a intensidade de um giro inesperado constitui a lei do relato.*

Brevidade e deriva abrem caminho a um intransferível encantamento e conformam os protocolos de uma lei narrativa para introduzir-se nos textos de Aira. Fazê-lo não requer proezas, somos conduzidos pelo sedutor cintilar dos detalhes. Esse fluxo intermitente promete com entusiasmo que, ao adentrarmos em cada ponto, com a paciência luxuosa de um miniaturista, encontraremos uma lição de literatura, que tenta tornar transparente a realidade no texto. Nessas prosas a narração funciona como uma digressão argumentativa e detalhista — pontilhista ele nos dirá —, animada por uma alegria transfiguradora que tira partido dos pontos cegos na repetição da máquina literária. A linguagem de Aira foge para adiante, absorvendo os mais diversos estereótipos da cultura — os produzidos pelos gibis, pelo cinema, pelo teatro, entre outros — e seu sistema de empatias, com o objetivo de extenuá-los e abrir, a partir destes, sua diferença inovadora. Sempre do lado da espontaneidade, as prosas deslizam animadas por um princípio de incerteza, como precários sistemas abertos em direção a um todo que não deixa de mudar. Essa aventura textual é apresentada em suas prosas como se se tratasse de uma máquina de fraseados e de parágrafos, onde o objeto é um precário lampejo avançando sob o comando de um piloto automático e a obra apenas uma "musicola", como a definia Osvaldo Lamborghini. Parto para a aventura, *afirma Aira,* na escuridão entregue à máquina de frases e parágrafos que me move e que sou. *Primeiro ato, segregação e proliferação da escritura, automática figura do contínuo.* A experiência me indica, *nos diz,* que nunca podemos penetrá-la. *Segundo ato, muda lucidez, contínuo mistério. Os "traços de realidade" são em Aira "carne lingüística", monólogo interior discursivo, rara consciência narrativa, onde a experiência reclamada é parte de um ofício artesanal e de um estilo gramatical. A experiência perfura intermitente a narrativa, como expressão ou estranhamento, em que se afirma uma dura condição:* fazê-lo bem, *mas antes de tudo,* fazê-lo. *A "carne lingüística" é muito mais tenaz do que os fatos, configura uma potência virtual que absorve o real para extraviá-lo numa* hiperimaginação *que, segundo Aira,* provém da realidade e com a qual jamais poderia competir a imaginação individual, *embora saibamos que a experiência sem o fluxo do automatismo lingüístico subjaz muda nos "traços de realidade". Para Aira,* a realidade, como um conceito fino visto de perfil, é escorregadia e se furta ao esforço daquele que quer se introduzir nela. *É a figura do contínuo lingüístico que torna possível introduzir a experiência no relato. Com uma suprema ironia, na prosa de 18 de agosto, a brevidade expositiva é usada para reclamar um desejo de escrever tratados de ciências naturais similares, talvez, à tradução que Aira realizara em 1992 de* A natural history of the senses, *de Diane Ackerman. Exaustivos e extensos onde fosse possível fazer falar os detalhes e reconduzir as metáforas à sua origem. O objetivo reclamado é alcançar a medula desses "traços de realidade" para relatar o desdobramento de seu contínuo.* Então, *diz,* todas as metáforas revelarão sua matéria real, como o latim se revelou em mim. Já não haverá mais metáforas, não poderia havê-las. Nem exemplos. *O sentido desses tratados seria* a restituição do contínuo dimensional do mundo. *Embora Aira saiba* que essa restituição e repetição do contínuo como absoluto nos esteja negada, *diz que poderia nos evitar* perder tempo em descrições ou transcrições aproximativas. *O dimensional do mundo se extingue em impulsos nervosos traduzidos por antropomorfismos, o real persiste mudo, o tratado fica truncado e o exemplo mais aproximado dessa ficção sublime é o silêncio do meio-dia do equador e os sons de alguma estranha fauna tornados sintaxe:* CHK... CHK... CHK... CHK... CHK... CH-R-R-R-R-R-R-R-R-R-R-R-R-K............. *O texto finalmente reconhece que as coisas são sempre mais estranhas do que o esperado e não cessam de esfumar-se enquanto nos distorcem a percepção. A experiência nas prosas aireanas tem a forma de uma eleição imprevisível ou ao acaso, dirigida por um procedimento que opera por acidentes e montagens. O imprevisível é a própria irrupção do acidente na repetição e, como sustenta Aira,* uma irrupção improvável não faria mais do que enriquecer a história. *O acidente é um traço que evidencia uma deformação argumentativa e gramatical, um alargamento misterioso. Funciona como uma aparência inesperada ou como uma fisionomia ou ato abjeto, que afeta como irrupção à gramática. A prosa de 14 de julho é um exemplo. Afirma-se nesta que o procedimento para criar histórias introduz o acidente, como uma simples intervenção fora de hora, exibindo uma deformação hilariante: a mítica história bíblica travestida de Sansão-Lolito. A longa e endiabrada cabeleira até a cintura, brilho e potência do fetiche que sustenta a imagem do ator, deve ser cortada num sacrifício televisual para manter seu êxito nos meios de comunicação durante a filmagem. Esse ato abre uma possibilidade para sustentar o verossímil na montagem. O acidente torna o sistema narrativo proteico, produzindo múltiplos desencadeantes na progressão do relato. A mudança abrupta de rumo desvaloriza as supostas hierarquias de importância e como o próprio mal que promete a cabeleira, dá a medida justa da banalidade ostentada pelo relato. Aira aposta no acidente porque encontra neste um princípio de ênfase e de metamorfose. Ênfase do irreparável, de que as coisas sejam como são atribuídas sem remédio à sua maneira de ser. Metamorfose como parte dos sistemas precários em movimento, onde as formas não cessam de mudar de aspecto. O acidente irrompe na história das repetições como fissura que desdobra a vontade de ficção. O segredo da aparência modificada de Sansão-Lolito se aninha na distorção produtora de novas percepções.*

Diz Aira, o ensinamento que deixa uma leitura é seu estilo, e não se pode viver com mil estilos diferentes combatendo um com o outro. *O estilo que faz uso da irrupção acidental, como deformação coerente e expressão singular, encontra seu principal problema no encadeamento. Requer-se uma forma elástica para albergar os detalhes, porque com estes a narração se inflama, dando lugar a que o capricho mais volátil permita uma mudança de rumo. Certos detalhes podem acabar sendo fúteis porque os cursos narrativos que abrem simulam não conduzir a nada. Aira exerce uma deliberada prática da frivolidade nos detalhes, desdobrando a banalidade como seu único rosto visível.* A literatura, *tenta nos convencer,* é um falar sem respaldo, um epifenômeno que aproxima o narrador da língua dos louros, produtora de um sentido simulado. A literatura é um desencadeador do ateísmo, *afirma,* que só aspira a liberar-se de qualquer deus... Essa instituição grandiosa e pesadíssima, também poderia ser pequena como uma borboleta. *O detalhe frívolo é um caminho em direção à leviandade do texto, porque a frivolidade é uma repetição de um desejo flutuante que avança sem objetivo, configurando uma gramática glamurosa, que se sabe herdeira dessa língua inglesa da que Aira não cessa de traduzir de Allen Tate, Raymond Chandler e Stephen King, entre outros, e onde* grammar *e* glamour *possuem a mesma raiz. O encantamento no detalhe, não obstante, serve a essas prosas, para tirar dos momentos frívolos, raciocínios. Aira consegue que esse rosto frívolo do real não funcione como identidades refletidas sobre si mesmas, opacas e excludentes, mas sim como idéias, ambientes ou anedotas transformadoras e inventivas. Sua aposta mais depurada nessas prosas é em direção ao efeito de redundância que desgasta as aparências, para nos voltarmos em direção a uma biografia literária que ilustra fenomenologicamente a construção do mito pessoal do escritor.*

Embora descubramos a obstinação de quem avança implacavelmente improvisando sem corrigir, construindo séries infinitas, que buscam por meio do texto breve a construção de um único texto, advertimos a vontade nessas prosas de fazer explodir a instituição chamada literatura, sempre escrevendo suas margens. Embora o narrador afirme que a literatura é algo heterogêneo, onde se produzem sentidos inúteis, essas prosas não deixam de conformar, como atrativas de partículas diversas, uma filosofia em movimento, um sistema de interrogações medulares, como quem não quer nada. Aira é um artífice de imposturas variáveis e um incondicional na hora de reconhecer uma série, a de seus interesses literários. A série argentina, unifica em sua diversidade a língua destroçada pela inclemência sob o impulso do folhetim de Arlt, as peregrinações de Gombrowicz, a absorção da cultura estereotipada de Puig, a brevidade alucinada das criaturas míticas de Copi, as maravilhas babélicas de Laiseca e principalmente a máquina prosaica e erudita de leitura-escritura que configurou Osvaldo Lamborghini..., também os jogos borgeanos com as figuras e a língua nacional. Aira absorve tudo, seu automatismo tem a escala das escrituras decimonônicas, só que por entrega em fascículos. Resplandece em suas prosas a série infinita e detalhista proustiana, a improvisação como gesto aristocrático de Stendhal e as repercussões da máquina balzaquiana, também, as séries deslocadas de Raymond Roussel até a secreta monstruosidade aventureira de Onetti.

*Intuímos até aqui que a afirmação aireana de que sua prosa é uma máquina de fraseados à deriva, é uma maneira de dizer. Aira põe para funcionar um dispositivo que se conforma com um saber fazer (*aprender o ofício a partir de dentro*) e de uma poética que valoriza a condição irrepetível do estilo (*cada qual tem seu próprio estilo e o estilo é tudo o que precisamos*) cuja lógica de funcionamento só reconhece dois extremos: a repetição e a novidade, o interesse e o tédio. O sarcasmo é o combustível que lhe permite trabalhar com o erro a seu favor. Afirma,* não importa que fique um despropósito: o que importa é fazê-lo. *A fé na ação possui uma exigência: a do ofício e do estilo como luxo e prazer da escritura. O erro é parte de ambos e os restos configuram o intraduzível. E, finalmente, descobrimos que esta biografia literária que atravessa as prosas,* persegue um realismo da felicidade, do qual a arte é a garantia.

São Paulo-Buenos Aires
2000/2001

Trad. Maria Paula Gurgel Ribeiro

OUTROS TÍTULOS DESTA EDITORA

A CIDADE AUSENTE
Ricardo Piglia

CONTOS FRIOS
Virgilio Piñera

EM BREVE CÁRCERE
Sylvia Molloy

O ENTEADO
Juan José Saer

EVITA VIVE
Néstor Perlongher

AS FERAS
Roberto Arlt

FUGADOS
José Lezama Lima

A INVASÃO
Ricardo Piglia

NOME FALSO
Ricardo Piglia

NOVA NARRATIVA
ARGENTINA
May Lorenzo Alcalá (org.)

PRISÃO PERPÉTUA
Ricardo Piglia

RESPIRAÇÃO ARTIFICIAL
Ricardo Piglia

OS SETE LOUCOS &
OS LANÇA-CHAMAS
Roberto Arlt

VIAGEM TERRÍVEL
Roberto Arlt

O VIDRINHO
Luis Gusmán

VILLA
Luis Gusmán

VODU URBANO
Edgardo Cozarinski

WASABI
Alan Pauls

Este livro terminou
de ser impresso no dia
8 de agosto de 2002
nas oficinas da gráfica
R.R. Donnelley América Latina,
em Tamboré, Barueri, São Paulo.